前言
Introduction/

　　语文素养的提高必须通过阅读，这一点家长和教师是有深刻认识的。而阅读名著，对于成长中的青少年，其作用、意义之重大和无可替代，是中外有识之士的共识。经典名著的阅读，不仅可以达到呼唤心灵、启迪智慧和激发情感的目的，而且通过对名著的感悟从而达到良好的语言与文字直觉能力的飞跃。

　　正是基于此，国家教育部颁布的《语文新课程标准》中对名著提出了必读的要求。

　　对名著进行了市场上的综合考察以及对家长和教师进行调研之后，我们发现，只有将阅读与写作以及语文知识的积累结合起来，才能真正达到既能应付学生的考试需要，同时又能提高学生整体的语文素养的目的。本套书的制作，正是基于这个宗旨，具体特色如下：

　　1. 完全满足新课标的要求

　　第一辑 80 本中涵盖了国家教育部最新推荐的 50 多种中外名著。

　　2. 权威翻译版本

　　本套书精选了最权威的翻译版本，在力争保持文学名著原汁原味的基础上做了极细微的删减，以利于中小学生在尽量短的时间内快速理解掌握名著的精髓。

　　3. 编写体例新颖

　　本丛书采用全包围式的编排方式。章节前有导读，以引领全章，激发学生阅读兴趣；章节侧面有旁批旁注，随时解读学生在阅读过程中遇到的各类问题，包括文学常识、字词句段解析、语文知识、写作技巧、含义解读等等；章节后有对整章作品的立意、布局、谋篇的全局性的赏析等。

　　4. 栏目设计全面

　　为了使读者对名著的思想内容、谋篇布局、艺术特色有更深刻的领会，本书设计栏目全面，既有作者简介、创作背景、思想内容、艺术成就、阅读要旨、故事梗概、人物点评（多角度）等的综合鉴赏、深度分析，也有阅读指南、导读、旁批旁注、注释、名师鉴赏、读后感、真题回放、新题预测等栏目，即使没有家长陪伴，孩子照常可以轻松地阅读理解名著。

5. 一线优秀语文教师直接编写

本书作者都是每年参加中考、高考命题的教学名师，对名著的阅读、写作、考题设计有独到的见解，同时小学部分编写的教师都是省市重点小学的特级、高级教师。

6. 真题回放、新题预测等栏目为备考充电

此栏目主要针对中考、高考考生，内容涵盖了全国各个省市最近几年的中考、高考语文试题中名著阅读部分的各种题型，并在此基础上预测未来名著考查的趋势和命题方式。

7. 卡通插图

本书配有生动有趣的卡通插图，加深学生对名著的理解，减少阅读疲劳感，激发阅读乐趣。

8. 大字清晰版，不伤害视力

无论小学、初中还是高中的版本，采用的都是 5 号以上的字，尤其对于小学生的版本，均是 4 号以上的字体，而且采用稀疏的排版方式，以利于孩子的视力。尤其对于老年读者，阅读更加便捷轻松。

编者

2013.6

中外现当代童话故事

教育部《**语文新课程标准**》推荐篇目

王春一 / 主编

吉林大学出版社

目 录
Contents/

☕ 导 读

　　"小兔子乖乖，把门开开，不开不开，我不开，妈妈不在家，谁来也不开。"多么聪明可爱的小白兔啊！这篇故事中的小兔子不仅可爱聪明，还很淘气，喜欢捉弄邻居。狡猾的狐狸和狼想捉住小兔子，于是它们之间展开了一场有趣的战争。究竟谁能胜利呢？

兔子与狐狸

　　在森林中，有一只兔子十分狡猾，又淘气无比。它诡计多端①又善于奔跑，不知道有多少小动物上过它的当。许多邻居几乎都被兔子耍过，大家都对它恨之入骨，想把它捉住，但是想去捉住它却实在困难。因为它太机灵了。无论别的动物使用什么巧妙的计策，都会被兔子察觉。

聪明的小兔子大家都喜欢，但是过分淘气可就遭人厌了。

　　有一天狼对狐狸说道："小兔子太可恶②了。今天晚上我

文章开头简要概括兔子的机灵，为后面的故事埋下伏笔。

们没有晚饭吃，不如把它骗到你家里来。我们合力捉住它，把它打死，这样我们既可以吃一顿饱饭，也替大家除了一害，你觉得怎么样？"

狐狸说："好极了，但是我们使用什么办法捉住这个小东西呢？"

狼说："这好办。你照我说的做就是了。你现在赶快跑回家去，睡在床上装死。你千万不要动，也不要说话，等到兔子到你家里来看你，走到你床头时，你就立刻跳起来捉住它。我在门外接应你，就这么办，一定可以捉到兔子。如果这个计策失败了，我这辈子就不做吃肉的狼了，我就天天吃草过活。"狐狸听了狼的话和立刻跑回家去，照它的话去做，躺在床上，盖上被子装死。

这时候狼也动身向兔子家里走去。到了门外，狼敲门说："不好了，亲爱的兔子，可怜的狐狸今天中午忽然死在家里了。我准备去给它办丧事，你也赶快来帮忙吧！"它说完了话，不等兔子开门出来，就赶紧离开了。兔子对狼的话信以为真。它想假装好人到狐狸家里去吊丧，但它毕竟是机灵的，当它到了狐狸家门口的时候，先不进去，在大门口徘徊③了半天，看看有没有危险。它看见狐狸躺在床上，两膝弯着，身上盖了一条棉被，一动也不动地躺着，好像是真死了。兔子唉声叹气④地说："唉！可怜的狐狸呀，你真是死了么？可怜可怜！但是如果你真死了，我还真高兴呢。因为你平时最恨我了。我最好坐在门口，等邻居都来了再进去，说不定它还没有死呢？"兔子说完话忽然起了疑心，故意大声说："狐狸大哥你还没有死呢。我常听人说，狐狸即使死了，它的两条腿还是一直不停地屈伸着，为什么你那么安静地躺着呢？"

狐狸不知是计，还以为兔子的话是真的，心想装死一定要装得像些，于是就不停地蹬自己的后腿，兔子一看狐狸的腿忽然动了，知道它是装死，立刻转身就跑，一口气跑到家里，不敢再出来。狼和狐狸想追去捉它，可是已经晚了，狼只好埋怨⑤狐狸，狐狸叹道："小兔子真是不容易骗！"它们想吃兔肉的计划落了空，晚上只好继续挨饿了。

说文解字

①诡计多端（guǐ jì duō duān）：狡猾的主意很多。

②可恶（kě wù）：使人感到厌恶。

③徘徊（pái huái）：在一个地方来回慢走。比喻犹豫不决。

④唉声叹气（āi shēng tàn qì）：感叹词，表示伤感或惋惜。

⑤埋怨（mán yuàn）：因为事情不如意而对自己认为原因所在的人或事物表示不满。

故事启迪

聪明的小兔子以智慧和机敏战胜了狐狸和狼。看到这样的结果，你一定会为小兔子喝彩吧。其实在很多情况下，只要你多动动脑筋，细心观察周围的事物，便可以发现很多问题。同样，在学习中，我们只要多动脑就可以解决很多问题。聪明的小朋友一定会比小兔子更棒，更出色的。

奇思妙想

1. 小兔子是如何识破狐狸的诡计的？

2. 生活中的你是怎么战胜遇到的困难的？

☕ **导　读**

　　能够在水里自由自在地游泳，快乐地生活，鱼儿们多么幸福啊。可是这个故事里有两条小鱼，因为遇到了骗子——黑脖子野鸟，命运从此发生了改变。想不想知道它们的命运如何呢？

鱼兄弟

开篇交待了故事发生的背景。

　　两条小鱼，它们一生下来就在一个大湖里长大。

　　一天，湖面上飞来一只黑脖子野鸟。

　　黑脖子野鸟对两条小鱼说："鱼兄弟，鱼兄弟，你们为什么还住在这个湖里呢？"

　　鱼哥哥问道："怎么了，有什么事吗？"

　　黑脖子野鸟说："啊呀，明天，太阳就会晒干湖里的水，你们也要全干死在这里了。"

鱼弟弟一听，吓得直哆嗦①，问道：

"我们兄弟两个怎么办呢？"

黑脖子野鸟说：

"不要怕，这好办，在山那边有一个更大的湖，要是你们愿意，我把你们带到那里去吧。"

鱼弟弟一听高兴极了，它跟鱼哥哥商量，想跟黑脖子野鸟一块儿到山后那个大湖里去。

同一环境中生活的两兄弟，却有着不同的思想见解。

鱼哥哥告诫②鱼弟弟，说太阳肯定不会一天晒干整个湖里的水的。这事应该小心些才好。

胆小的鱼弟弟根本不听哥哥的，它就让黑脖子野鸟用嘴衔着它飞到大湖那边去。黑脖子野鸟扑扑翅膀，带着它飞走了。

胆小的人往往最容易吃亏上当。

飞到半路，黑脖子野鸟就把鱼弟弟吃了。

隔了两天，黑脖子野鸟又飞到湖面上欺骗③鱼哥哥说：

"鱼哥哥，鱼哥哥，鱼弟弟在山后那个大湖里很想念你，让我给你带个信，叫你也到那个湖里去，它在那里可舒服了。"

坏人的诡计一次得逞了，就还会有下次，这就是坏人贪婪的本性。

鱼哥哥不相信黑脖子野鸟的话，而且它发现自己现在住着的这湖水并没有被太阳晒干，它想鱼弟弟一定被这只黑脖子野鸟吃掉了。这时它恨透了黑脖子野鸟，可是还是装着非常感谢的样子，说：

"请你把头伸到水面上来吧，你不衔着我，我怎么离开这里呀。"

黑脖子野鸟听了鱼哥哥的话很高兴。它的头刚刚挨到水面，鱼哥哥就猛地一下跳出水面，张开嘴咬紧黑脖子野鸟的脖子，把它拖到湖水里。湖水淹死了这只坏鸟。

恶有恶报，机智的鱼哥哥让坏鸟受到了应有的惩罚。

说文解字

①哆嗦（duō·suo）：身体发抖；打颤。

②告诫（gào jiè）：警告性的劝诫。

③欺骗（qī piàn）：用虚假的言语或行动来掩盖事实真相，使人上当。

故 事 启 迪 •••

在同一个环境中生活的两条鱼，在遇到骗子时，表现却很不相同。鱼弟弟因胆小怕事，又不听哥哥的劝诫，结果丢了性命，哥哥小心谨慎，遇事冷静思考，不但没上野鸟的当，反而让坏鸟受到了应有的惩罚。在生活中，如果遇到了坏人，鱼哥哥就是我们学习的榜样哦。

奇 思 妙 想 •••

1. 当遇到骗子黑脖子野鸟时，鱼兄弟有什么不同的表现？

2. 生活中你遇到过骗子吗？如果遇到了，你知道该怎么做吗？

☕ 导 读

　　一个寒冷的冬天，外面飘着鹅毛大雪，生活在森林里的小动物们都饿坏了，纷纷出来找食物吃。小白兔竟然找到了两个萝卜，自己吃一个，送给小猴子一个。可是不久送出去的萝卜又回来了，这是怎么回事呢？

萝卜回来了

　　外面飘着鹅毛大雪，真冷啊！地里、山上都盖满了雪。小白兔没有东西吃了，肚子在咕噜咕噜地叫。它跑出门去找食物。

　　小白兔找食物时还在想："雪这么大，天气这么冷，小猴在家里估计也没什么吃的。我找到了东西，去和它一起吃。"

　　小白兔扒开雪，竟然是两个萝卜。它高兴地跳了起来！

　　小白兔抱着萝卜，跑到小猴子家，敲敲门，但是没有人回答。小白兔就自己推开门，屋里一个人也没有。原来小猴不在家，可能也去找食物了。

　　小白兔就吃掉了小萝卜，把大萝卜放在桌子上。

　　小猴这时候也在外面找食物，它想："雪这么大，天气这么冷，小鹿在家里，肯定也没吃的。我找到了东西，去和它一起吃。"

　　小猴扒开雪，在雪下找到了几颗花生。它欢蹦乱跳①起来！

　　小猴带着花生，跑向小鹿家，路过自己的家，看见门开着。它想："谁来过啦？"

　　它走进屋子，看见一个大萝卜放在桌子上，很奇怪，说："这是哪来的？"它想了想，知道是好朋友送来的，就说："把萝卜也带去，和小鹿一起吃！"

　　小猴跑到小鹿家，小鹿家的门关着。它跳上窗台一看，屋

　　开篇极力描写自然环境的恶劣，以环境的恶劣烘托动物们高贵的品质。

　　自己有了食物，心中还想着好朋友，真是一只善良的小兔子。

　　瞧，多可贵的品质啊，吃掉小的留大的给好朋友。值得小朋友学习哦。

　　动作描写，写出了小猴兴奋的心情。

　　原来萝卜就是这样在好朋友中传递的，它传递的是真挚的友情。

子里没有人。原来小鹿不在家，也去找东西吃了。

小猴就把萝卜放在窗台上。

小鹿也在雪地里找东西吃，它想："雪这么大，天气这么冷，小熊在家里，一定也很饿。我找到了东西，去和它一起吃。"

小鹿扒开雪，找到了一棵青菜。它也欢蹦乱跳起来！

小鹿提着青菜，跑向小熊家，路过自己的家，看见雪地上有许多脚印，它想："谁来过啦？"

它走近屋子，看见窗台上有个萝卜，很奇怪，说："这是谁给我送的萝卜呀？"它想了想，知道是好朋友送来给它吃的，就说："把萝卜也带去，和小熊一起吃！"

小鹿跑到小熊家，在门外叫："开门！开门！"屋子里没有人。原来小熊不在家，也去雪地里找食物了。

小鹿就把萝卜放在门口。

这时候，小熊在雪地里找呀找，它边找边想："雪这么大，天气这么冷，小白兔在家里，一定也很饿。我找到了东西，去和它一起吃。"

小熊扒开雪，看见雪下有一个白薯。它特别高兴！

小熊拿着白薯，跑向小兔家，路过自己的家，看见门口有个萝卜，它很奇怪②，说："这是谁送的呀？"它想了想，知道是好朋友送来给它吃的，就说："把萝卜也带去，和小白兔一起吃！"

小熊跑到小白兔家，发现小白兔家的门是开着的，轻轻推开门。这时候，小白兔吃饱了，睡得正甜哩。小熊就把萝卜轻轻放在小白兔的床边。

小白兔醒来，睁开眼睛看见一个大萝卜在床边放着，说："咦！萝卜回来了！"它想了想，说："我知道了，是好朋友送来给我吃的。"

> 萝卜在小动物们的友爱中传递，终于要回到小白兔家了。

> 瞧，这是一群多么善良的小动物啊，真让人感动。

说文解字

①欢蹦乱跳（huān bèng luàn tiào）：形容健康、活泼、生命力旺盛。

②奇怪（qí guài）：跟平常的不一样。出乎意料，想不到。

故事启迪

看到这样一群在困难中互相帮助、互相关心的小动物们，我们知道了萝卜是怎么回来的，同时也被深深地感动了。是啊，在困难中互相救助的朋友才是真正的好朋友。好朋友在一起，面对困难，不抛弃，不放弃，同心协力，就一定能战胜困难。记住，有难同当，有福也要同享，把快乐和爱一起同朋友分享吧。

奇思妙想

1. 你知道萝卜是怎么回来的了吗？

2. 生活中，你和好朋友是如何相处的呢？

小溪流快活地哼哼唱唱，不分日夜地向前奔流，永不停息自己的脚步。它永远都不知疲倦，汇成小河，汇成大江，汇成大海，"向前走，不停息！"是它永远都唱不完的歌。

小溪流的歌

小溪流唱着永远唱不完的歌。

小溪流快活地哼哼唱唱，不分日夜地向前奔流。山谷回响着它的歌声。太阳出来了，太阳向着它微笑。月亮出来了，月亮也向着它微笑。它乐观地认为世间万物都是新鲜的、快乐的。它很有礼貌地向它所遇到的东西打招呼，对它们说："你好，你好！"

小溪流欢快地奔流着。它一会儿拍拍岸边五颜六色的石卵，一会儿摸摸沙地上才伸出头来的小草。它一会儿旋转一下飘浮的小叶子，一会儿戏耍游动的小蝌蚪。小树叶不害怕，轻轻转了两圈儿，就又往前飘；小蝌蚪有些禁不住溪流的戏耍，就赶快向岸边游，长了小腿的蝌蚪还学青蛙妈妈慌张地蹬开了腿。

小溪流边跑边笑。忽然，一个大石块拦住它的去路，它毫不惊慌地跳跃两下，一股劲儿冲了下去。什么也阻止不住它的奔流。它扯开嗓子，放声歌唱，山谷里不断回响着它的歌声，叫人听了就会忘记疲劳和忧愁。

小溪流在狭长的山谷里不停地奔流，后来来到了一个拐弯的地方。那里有一截枯树桩，旁边有枯草。枯树桩年纪很老，枯草也不年轻。它们天天守在一起，就是发牢骚。它们觉得生活真是烦闷，没有意思。它们看着活泼愉快的小溪流奔流过来，觉得很奇怪，就问它：

开篇点题，设置悬念；小溪流唱的是什么歌？

快乐无比的小溪流还有些调皮淘气呢。

心中有了坚定的信念，什么困难也阻挡不了前进的步伐。

单调的生活，总是令人烦闷，枯树桩和枯草的生活与小溪流的生活形成对比。

"喂，小溪流！这么高兴，到哪儿去呀？"

小溪流高兴地说：

"到前面去呀。"

枯树桩叹口气说：

"唉，唉！玩一会儿吧！"

枯草也叹口气说：

"唉，唉！累坏了可不是玩儿的，休息一会再走吧，这儿虽然不太好，可也还不错。"

小溪流笑笑说：

"为什么呀？我可不能停下奔流的脚步！"

一转眼，小溪流就把它们丢在后面了，又欢快地往前奔流。前面有一个小村庄，村庄里的水磨还等着溪流去转动。

小溪流就这样奔流着，一点也不觉得累，渐渐又有些其它的小溪流来同它汇合在一起，小溪流慢慢就变大了。

小溪汇集成了一条小河，它大声地歌唱着，不分早晚

对话描写，小溪的欢快上进与枯树、枯草的保守烦闷形成鲜明的对比。

小溪流的努力付出终于得到了回报。它使自己更强大了。即使这样，它依然保持乐观和勤劳的态度，继续努力。

地向前奔流。小河精力旺盛，精神饱满，向着两边广阔的原野欢呼。它的奔流翻起了泥沙，卷起漂浮的枯树枝，激烈地打着回旋。它兴致勃勃①地推送着木排，托起沉重的木船向前航行。没有什么东西可以阻止它，前面有石滩阻碍它，它就大声吼叫着冲过去。小河不断向前奔流。

乌鸦懒懒地跟着它飞行了一阵。乌鸦看见小河总是这样活跃②，这样忙碌不停，觉得很奇怪，就忍不住问：

"喂，小河！你究竟到哪儿去呀？"

小河回答："我要奔流到前面去呀。"

乌鸦往下飞，贴近它，恐吓③说：

"嘿，别高兴！还是想好了再走吧，前面没有好玩艺儿。"

小河没忘记自己原来是小溪流，它笑着说：

"我不能听你的话，我要不停地奔流向前。"

乌鸦生了气，一下说不出话来，就直叫：

"呀！呀！呀！"

小河甩开了乌鸦的纠缠，又不住地往前奔流。前面有一个水闸等它去推动发电机。小河高高兴兴地做了一切它该做的工作。在小河奔流的前方有一座城市。

小河不知疲倦地奔流，奔流，别的小河同它汇集在一起，小河的水又变多了。

小河变成了大江，欢快地向前奔流。它越来越强壮了，精力也更大了。它眺望着远远隐在白云里的山峰，向它们打招呼。它不费力就掀起一阵阵汹涌的波涛，它毫不费力地帮助轮船迅速航行。它负担着许多，可是它一点都不累。大江就这样奔流，不断向前奔流。

那些被波浪卷起，跟随大江行进的泥沙却感到累了，问：

"喂，大江！别跑了，到底要往什么地方去呀？"

大江回答：

"还要到前面去呀。"

疲乏④得喘不过气的泥沙生气地说：

"'前面'，'前面'！哪有那么多'前面'！已经走得差不多啦，让我们休息一会儿吧！"

大江的记性很好，它没有忘记自己原来是小溪流，它笑着

乌鸦的恐吓也不能阻止小河的行程。

小河最终变得非常强大，并为人们做了许多有益的事。

大江有了成绩也不骄傲懈怠，仍和以前一样努力。

说："不能停留！我们还得向前走。"

泥沙有些生气了，自己沉下去了，可是大江还是奔流不息。许多天就好像一天，许多月就好像一个月，它为人们做了很多事，经过一个又一个的乡村和城市，终于来到了海口。

大江还是不知道疲倦是怎么一回事，它一直在奔流，永远向着前方。

无边无际的蓝色海洋在欢乐地动荡着。海洋翻腾起白色的泡沫，欢唱着。它是这样复杂，又是这样单纯；是这样猛烈，又是这样柔和。它毫不停息地运动着。

在海底，一只爬满了贝壳的、朽烂得只剩一层发锈的铁壳的沉船，它早已不耐烦海洋这样无休无止地晃动了，悄悄地问：

"可以休息了吧，可以休息了吧？"

海洋记得自己最初是小溪，它用和小溪流同样清亮的嗓子回答：

"休息？为什么？那可不成！"

它的波浪就这样一起一伏，一刻不停地来回晃动。月亮出来了，月亮向着它微笑。太阳出来了，太阳也向着它微笑。海洋感觉到整个世界，所有的东西都好像就在它的身边。海洋的热情被激起来了。它不断涌起来，溅起许多水珠。无数圆圆溜溜的小水珠就跳跃起来，离开了它，一边舞蹈，一边飞向蔚蓝的天空。

巨大的海洋唱着小小的溪流的歌：小溪流的歌一直回响着，它的歌是永远唱不完的。

"向前走！不停息！"

凡事贵在持之以恒，半途而废者将永远一事无成。泥沙与小溪流的态度和行为形成对比。

无论小溪流变成什么，它都不会忘记自己的本色：生无所息，永不停留。小溪流的精神多么伟大！

与第二自然段相互照应。

和开头第一句首尾呼应。

说文解字

①兴致勃勃（xìng zhì bó bó）：勃勃：精神旺盛的样子。形容兴头很足。

②活跃（huó yuè）：行动活泼而积极。

③恐吓（kǒng hè）：吓唬，威吓人。

④疲乏（pí fá）：因劳动或运动过度而需要休息。

故事启迪

　　小溪流的快乐和热情感染着我们。它向前走，不停息。枯草让它歇一会儿，它不歇。乌鸦恐吓它，它不害怕。一直追随它的泥沙沉了下去，而它依然奔流不息。最后，小溪流唱着欢快的歌奔入了大海的怀抱，却仍然在唱着"向前走，不停息！"的歌。在学习生活中，我们需要小溪流这种永不停息的精神，在困难面前不要低头，要向前看，坚定自己的理想，向前走，永不停息！

奇思妙想

　　1. 小溪最终欢快地流到哪儿去了？

　　2. 小溪流快乐的歌告诉了我们什么？

☕ **导　读**

　　我们都知道老鼠过街是人人喊打，就因为老鼠好吃懒做，专门偷农民家里辛辛苦苦种出来的粮食，并且个个吃得又肥又壮，还能在收获的季节改善伙食，换换口味。可是这篇故事的老鼠却要搬家，它们为什么要搬家呢？

老鼠搬家

　　有一家老鼠，住在一个富有的家庭中，天天吃着流油的残汤剩菜，它们吃得又肥又胖，生活很舒服。另外，这户人家还有许多粮食，并且老鼠的洞就在米仓附近。

"又肥又胖"写出了老鼠的贪婪、懒惰、衣食无忧。

　　有一天，老鼠先生收到了一封信，这封信是它的田鼠大叔写来的，信上说：

亲爱的老鼠侄子：

　　你好！我有一个好消息。今年的稻子长得非常好，现在已经完全成熟了，马上就要收割了，你们主人家肯定又要收获很多粮食。让我祝贺你，我幸运的侄子，你们又要过上好日子了。

　　咱们商量一件事：田里的稻子一割完，也就要全部运走了。到那时，我的粮食有可能不够了。我想冬天在你们家里过

田鼠的信更显示出老鼠一家生活的优越。

冬。还想借点粮食接济①一下家里的人，你肯定会同意吧？

祝你们一家健康！

田鼠

老鼠看完了信，心里十分高兴，想到一谷仓的白米可以供它们一家支配，不由得笑出了声。它扔下信，高兴地一把搂住了太太的肥腰，它们欢快地跳起了舞，几个孩子也跟着跳了起来，洞里充满了它们一家的笑声。

老鼠的家就在谷仓的墙脚。这个谷仓十分大，如果装满了粮食，足够几百人整整吃上一年。

老鼠在谷仓里跑了几圈，心里盘算②着：等新鲜的粮食运来了，我们全家就可以好好吃一顿了，再不用吃残汤剩菜了，那些菜太油腻，吃多了对心脏不好。它的太太也在一旁说："我最喜欢吃新鲜的大米了，新鲜的食物有益健康。""是啊，我也是这么想的。"老鼠接着太太的话说："真是太好了，主人的大米就是我家的大米。等新米来了，咱们就好好享受。田鼠大叔想哪天来，就让它来吧！反正它也吃不了多少。"

自从老鼠收到田鼠的信后，一直盼望着主人家赶紧大丰收，它每天都盼望。

不过，年年如此的事情在今年发生了变化。一天、二天、半个月、一个月，老鼠家的食物吃得差不多了，可还是没有新米入谷仓。老鼠急得不行了，恐慌③极了。主人谷仓里还没有进新米，老鼠洞里再也没有什么储备了。

一天晚上，它决定出去看看发生什么事了。找谁去问呢？它想起了水牛大哥，它认为水牛最够义气，水牛大哥的话最可信。

它钻出洞，跑过了空旷④的谷仓，悄悄地溜了出去，它跑了好远好远的路，才来到牛棚。水牛大哥可能是累了，已经睡着了，呼噜呼噜地打着鼾。

"牛大哥，牛大哥！"老鼠扯着嗓子大喊，但水牛没有醒，它睡得好香呀。

"牛大哥、牛大哥！"老鼠几乎要钻进水牛的耳朵里了，水牛这才醒来。

"哞——什么事呀？"水牛打着哈欠，抖抖耳朵说，"哦，

其中批注：此时老鼠们高兴的心情与下文老鼠们无处可去形成鲜明的对比。

把自己的幸福建立在别人身上，希望往往会落空。

对于一些不切实际的想法，希望越大，失望就越大。

水牛和老鼠不一样，它靠自己的劳动吃饭，所以睡得香。

是老鼠先生呀，你来找我什么事呀，过得怎么样？"

"谢谢你，还算不错。真是抱歉，很久都没来看你了。"老鼠说，"这次来，想问你一件事，主人家的大米怎么还没进谷仓呀？"

水牛问道："你的主人自己种田吗？"

"我的主人有钱、有田地。"老鼠骄傲地说。它以为水牛不懂这些，所以说的时候显得特别骄傲，好像它就是主人似的。

"既然你的主人自己有地，他是自己种吗？"水牛说。

"他让人帮他种。"老鼠着急地说。

"这不合理！"水牛说，"这种不合理的事情现在已经改变了。你的主人已经没有土地了，懂吗？乡下人现在都有自己的地了，他们自己种，自己吃，你的主人自己不种地，当然就被没收了。"

"但是……"老鼠还想说什么，水牛制止了它，"你不要总但是、但是的，你想靠着主人家的谷仓自己不劳动是不行啦！"

"那么……"老鼠哭丧着脸说，"那么我只好搬家了？"

水牛笑了，心想你这个奸猾⑤的东西，不劳动还想吃饭？真是又可怜、又可笑。水牛不想再理会老鼠了，就转了个身继续睡觉了。

老鼠失望地回家了，刚好又接到了田鼠大叔的一封信。

亲爱的老侄子：

问你全家好！

今年真奇怪，你主人的土地听说因为不耕种被没收了。我不知道究竟怎么了，但我现在也富足起来了。我不用向你借米了，也不用去你家住了。

田鼠

"这可怎么办呢？"老鼠哭丧着脸对太太说，"看起来，只好搬家了。"

于是，老鼠搬家了。它换了好几个地方，但再也找不到像过去那样紧靠米仓、尽情吃喝的地方了。还是水牛大哥的话有道理：老鼠确实是个又奸又懒的坏东西，只知道偷窃、破坏、

老鼠并没有理解水牛话中的意思。种田和有田是不一样的。

要靠劳动来换取想要的东西，老牛的话非常有道理。

只有付出辛勤的劳动才能得到自己想要的东西。老鼠显然没有想过这个问题。

心理描写，写出了水牛眼中老鼠的形象。

田鼠的信与上一封相照应，委婉地揭示了社会环境的改变与不劳无获的现实。

对人类无益的坏东西是不会有立足之地的。

坐享其成⑥，对这个世界毫无用处，还吃掉许多粮食。

　　老鼠搬家，最后要搬到哪里去呢？有可能越搬越坏，说不定还没地方可住。因为人类的文明越来越进步，建筑也越来越坚固，老鼠尖利的牙齿毕竟抵不过钢铁和混凝土。

> 老鼠们想永远不劳而获地生活下去，看来是难有容身之地了。

说文解字

①接济（jiē jì）：在物质上援助。

②盘算（pán·suan）：心里算计。

③恐慌（kǒng huāng）：因担忧、害怕而慌张不安。

④空旷（kōng kuàng）：地方广阔，没有树木、建筑物等。

⑤奸猾（jiān huá）：诡诈狡猾。

⑥坐享其成（zuò xiǎng qí chéng）：不劳动却享受别人的劳动成果。

故事启迪

　　又奸又懒的老鼠们因社会大环境的改变，失去了赖以生活的大米仓，就只能饿肚子了，光靠搬家是不能解决问题的。随着人类社会的发展和进步，好吃懒做、坐享其成的人必定会被社会所淘汰。幸福的生活要靠劳动来创造，多动手勤动脑，生活中就会处处开满幸福之花。

奇思妙想

1. 想一想老鼠最终会把家搬到哪儿，其命运会如何呢。

2. 如果你想在学习上取得好成绩，该怎样去做呢？

☕ 导 读

　　"白龙马，蹄儿朝西，驮着唐三藏跟着三徒弟，西天取经上大路……。"西游记中的小白马多值得我们尊重啊，美丽聪明的小白马如果少了两条腿，它会如何面对生活呢？是自暴自弃地离家出走还是勇敢地选择属于自己的生活目标呢？

小白马

　　有一匹小马叫白白，它很美丽，但是可怜生下来就少了两条腿，所以它不能在草原上奔跑，只能坐在家里，眼巴巴地看着远处的森林、蓝天上的朵朵白云和鸟群。

身有残疾的小马是多么渴望见见外面的世界，好好享受蓝天白云。

　　一天，白白问妈妈："我还能长出两条腿来吗？"

　　"不能了，孩子。"妈妈叹息了一声，很伤心。

　　小燕子衔来一朵金色的迎春花飞到窗前："小白马，别难过，你看不到外面的春天，我们把春天带给你。"

多么善良又热心的朋友啊。

　　"妈妈，我会长出翅膀吗？"白白多么希望能像小燕子那样飞过森林，飞过海洋。

　　"不能，马长不出翅膀来。"妈妈哭着说。

嘲笑别人身体上的残疾是可耻的行为。

"嘻嘻，缺了两条腿的小马还想飞，可能吗？"小鹿在窗外讥笑^①它。白白伤心地哭了。

"小鹿你太坏了，还讥笑残疾的人！"小燕子生气地对着小鹿叫。小鹿不好意思地跑开了。

第二天，小白马伤心地离开了家，它给妈妈留下了一张纸条，纸条上的话是这样的：

亲爱的妈妈：

我真恨自己少了两条腿，给妈妈带来很多麻烦。我要到一个没有人看见的地方躲起来，谁也见不到我，谁也不会讥笑我了。

白白　写

唉，这下马妈妈、小燕子和小鹿都急坏了。它们到处去找白白。

白白一拐一拐地向前走，来到一个磨坊前，看见一匹戴着黑眼罩瞎眼的老黑马在推磨。老黑马默默无闻^②地在干活，浑身冒着热汗。

白白看到这种情景后哭了。它想：老爷爷眼睛瞎了还在辛勤地劳动，它多么令人佩服呀。

"谁呀！谁在哭？"老黑马问。

"是我，我是一匹小马。"白白轻轻地说。

"哦，我早就听说有一匹少了腿的小马，是你吗？"

"没错，我就是那匹瘸腿的小白马，我是一匹无用的马！"白白伤心地说。

"小傻瓜，不要自暴自弃^③，你能做别的事情呀。唱歌、弹琴、画画……只要你有志气！"老黑马的话提醒了白白，白白决定回家了。它临走时，老黑马给它一根可以发出声音的竹竿。它就把竹竿做成一根笛子，吹出了美妙的音乐。笛子像长了翅膀似的飞向远方，声音在四处回荡，十分悦耳^④。

小白马回到了家，马妈妈心里可高兴了。从此白白成了森林里的音乐家，森林里的动物们如果有了不顺心的事，听了白白的笛声就会快乐起来。

同是对待小马，燕子和鹿的态度一个高尚，一个恶劣，对比鲜明。

极度自卑的小马选择了逃避生活。

坚强勇敢地面对生活的老黑马用实际行动和鼓励的语言感染了小白马。

做一个自信又有用的人就是快乐的。

说 文 解 字 🖎 ·

①讥笑（jī xiào）：讥刺和嘲笑。

②默默无闻（mò mò wú wén）：不出名，不为人知道。

③自暴自弃（zì bào zì qì）：自己来糟蹋自己，自己看不起自己，甘心落后。

④悦耳（yuè ěr）：好听。

故 事 启 迪 🖎 ·

　　自卑的小白马梦想着长出两条腿，在草原上自由驰骋，梦想着长出一双翅膀，在天空中自由飞翔。它憧憬着美好的生活，但是幻想永远代替不了现实生活。老黑马爷爷的行动和话语激励着小白马，让小白马走出自卑的阴影，坚强勇敢自信地面对生活，做一个有用又快乐的人，这就是身残志不残，值得我们敬佩和学习哦。

奇 思 妙 想 🖎 ·

　　1. 少了腿的小白马最后选择了什么样的生活？

　　2. 面对生活在我们身边的残疾人，我们能做些什么？

☕ 导 读

　　我们都知道沙漠里的水比金子还要珍贵，因为在荒无人烟的茫茫沙漠中不仅不容易判断方向，而且更难找到水源。小阿里和爸爸在一次旅行中走入了沙漠，行军壶里的水喝完了，没有水怎么能行呢？在小阿里急哭了的时候，一只狒狒出现了，狒狒能帮他们解燃眉之急吗？

沙漠找水

开篇交待了故事发生的地点是沙漠。

　　小阿里和爸爸进行长途旅行，走了好久，他们走进了沙漠。小阿里口干舌燥的，拿起行军壶咕嘟咕嘟地喝，真爽快。

　　"阿里，少喝点，别全喝完了，沙漠里找水很难呀！"爸爸接过水壶，放在嘴角舔（tiǎn）了几下，水壶里只有几滴了。

　　在沙漠里旅行，如果没有水会渴死的。小阿里急得眼泪都掉出来了。

小阿里的话，为故事设置了悬念。

　　爸爸安慰他说："碰到困难要想办法，哭有什么用？"他朝周围观望了一下，在一座沙丘上有一只狒狒。爸爸说："我们有办法找到水了！"小阿里还没明白过来，说："狒狒是狒狒，水是水，它又没有背行军壶，它哪里会有水？"

生活阅历越多的人，经验就越丰富。多么有智慧的爸爸啊。

　　爸爸笑着说："它现在是没有，但狒狒不是旅客，它每天生活在这里能离开水吗？狒狒生活在这里，就一定有水源。要找到水，得让狒狒给我们当向导。"

　　狒狒朝这边跑来。爸爸说："阿里，你不要害怕，躲起来，我去把它捉住。"

爸爸奇怪的行为为下文故事的发展设置了悬念。

　　小阿里将信将疑①，藏好了身子，看着爸爸将要做什么。奇怪，爸爸根本没去抓狒狒，而是走到沙丘下，在沙子下挖了一个洞。爸爸一会儿就把洞挖好了，然后爸爸把他们随身带的野瓜子儿全倒了进去。

狒狒看到小阿里的爸爸把野瓜子儿倒在洞里，特别想吃；等小阿里的爸爸一走开，狒狒就伸爪去洞里拿瓜子吃。

狒狒的爪子在洞里掏呀掏呀，它在洞里找到了好多好多的野瓜子儿。狒狒一边嗑，一边继续往里掏。抓得正起劲的时候，它的爪子拿不出来了，狒狒急得大叫。

小阿里爸爸挖的洞，口小底大；狒狒想吃更多的瓜子，爪子里捏一大把野瓜子儿不放，它的爪子就拔不出洞口了。

小阿里的爸爸毫不费力②就捉住了它，把几块盐巴丢给它。狒狒吃到盐巴，感到好吃极了，吃了一块又一块，好像从来没有吃过似的。过了一会儿，它不停地咂巴起嘴来：它渴了。

原来爸爸是根据狒狒贪婪的本性设置了陷阱。

小阿里的爸爸松开了绳子，狒狒跑得很快，它渴极了，它要找水喝去。

"阿里，追着它跑，狒狒带我们去找水啦！"

多么有智慧的做法。

狒狒渴极了，一口气跑到一个山洞里的水池边，贪婪③地喝起水来。

悬念到此揭开，爸爸是多么聪明啊！

水好清凉呀。小阿里跳了起来，高喊着："太好了！狒狒带我们找到水啦！"他们痛痛快快地喝了很多水，又装满行军壶，继续赶路了。

说文解字

①将信将疑（jiāng xìn jiāng yí）：既有些相信，又有些怀疑，不敢轻易相信。
②毫不费力（háo bù fèi lì）：一点没花费力气，形容事情非常容易、顺利。
③贪婪（tān lán）：贪得无厌，不知足。

故事启迪

一只狒狒能够长期在沙漠中生存，它一定知道水源在哪儿。抓住了狒狒就解决了水源的问题，瞧，小阿里和爸爸没水喝的困难就这样解决了，真佩服聪明有办法的阿里爸爸。在日常生活中我们也会遇到许多困难，当我们遇到困难时，要积极动脑筋想办法解决问题，可不能学小阿里一着急就哭，光靠哭泣是无法解决问题的。

奇思妙想

1. 你知道小阿里和爸爸是怎样找到水源的吗？

2. 在学习上如果遇到了困难该怎么办呢？

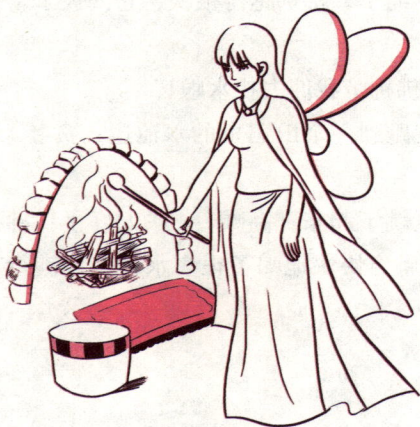

☕ 导　读

　　猫和老虎原本是一家人。老虎不仅是猫的外甥，而且算起来猫还是老虎的师傅呢。可当猫教了老虎一身的本领之后，老虎却仗着自己身高体大，瞧不起猫舅舅了，还老想戏耍、捉弄猫舅舅。但是猫虽长得小，本事却很大。让我们来看看猫是怎么教训它的小外甥的。

猫的小外甥

　　有一天，老虎在森林里散步时遇上了自己的舅舅。老虎认为自己身高体大，瞧不起猫，它把猫叫做"小舅舅"。它想戏耍一下小舅舅。"喂，我可怜的小舅舅，你的个子怎么长得那么小？"猫瞅它一眼，讽刺它说："要是你都像我这样落到人的手里，说不定还不如我呢！"

　　"照小舅舅这么说，我倒要见识见识你所说的人啦！"老虎并不相信猫说的话。

　　猫就带着老虎上路找人去了。它们走在路上，对面来了一群水牛，个个威风凛凛①。老虎问："这就是你所说的人吗？"猫说："它们笨得要死，人的一个小娃娃都比它们聪明多了。"

　　老虎跟着猫继续往前走。不一会儿，又来了一群马，个个英姿飒爽②。老虎问："它们是人吗？"猫说："小外甥呀，你真没见过世面，人能骑在它背上，让它驮着满世界跑呢！"

　　它们继续往前走。又看见一群骆驼，骆驼们高大雄壮，沉着老练。老虎以为这些肯定是人，大声说："噢，人就是这般体大神呆的家伙呀？"猫笑得跳起来，说："你这个笨蛋！人把它们拴在一起，让它们驮很重的东西，然后人骑在它们身上，赶着它们去做生意赚钱呢。"

　　老虎很郁闷③，虚荣心和好奇心吸引着它想认识一下人到底是什么。它们又走了好久，前面有一条山梁，山梁覆盖着绿

实际情况作提示：老虎高大勇猛的外形，与猫娇小柔弱的性格形成对比。

使用了衬托的手法，以水牛的笨来衬托人的聪明。

猫的话从侧面衬托了人的智慧。

人能利用骆驼为其赚钱，自然比骆驼聪明得多。

绿的树林，林中有一个砍柴人，正在那里锯一棵放倒的大树。他赤裸着双膊，额头上出了很多汗。

"小外甥"，猫大声对老虎说，"这才是人！"老虎十分惊讶："我的妈呀！怎么会这么不起眼呀！"猫向人说明了老虎的来意，砍柴人说："好呀，那你只管看我怎么收拾它吧。我是一个普普通通的砍柴人，你能过来帮我一下吗？"

老虎听说人要请他帮忙，心里美极了，朝猫骄傲地看了一眼。那意思是说："瞧见了吗，人还要我帮忙呢。"

砍柴人说："老虎，如果你真能干的话，就用你的爪子把我锯开的这道木头缝再扳（bān）大一点儿，这样我锯起来就容易多了。"老虎当然想炫耀④一下自己的能耐了。它搓搓前爪，把爪子深深插进那道木缝里。

砍柴人立刻把夹在木缝里的楔子⑤退出来，老虎的前爪拔不出来了，牢牢地被夹住了。它疼得不行了，强忍着不肯叫唤。砍柴人坐在树墩上悠闲地抽起烟来。老虎疼得受不住了，抬头问猫："舅舅，人是不是一定要我变得跟你一样小，才肯放我呢？"

它疼得叫舅舅时丢了那个"小"字。猫没有正面回答它，只回答了两个字："喵呜——"

人类不起眼的外貌与前文的水牛、马、骆驼形成对比，使老虎心生轻视。

骄傲的家伙往往都会自作聪明，自以为是。

聪明的小猫借助人的帮助教训了骄傲的老虎。

高大勇猛的老虎向娇小柔弱的猫求救，故事的结局与文章的开头形成强烈的反差。

说文解字

①威风凛凛（wēi fēng lǐn lǐn）：形容威严的气概、声势令人生畏。

②飒爽（sà shuǎng）：豪迈矫健，英俊威武的姿态。

③郁闷（yù mèn）：烦闷，不舒畅。

④炫耀（xuàn yào）：夸耀。

⑤楔子（xiē·zi）：插在木器缝里的小木片，可以使接触的地方不活动。

故事启迪

　　看起来身高体大、骄傲、自以为是的大老虎本想戏弄体态娇小的猫舅舅，结果被猫舅舅借助人的帮助狠狠地教训了一顿，最后主动地向猫求饶叫舅舅了，真是活该啊。小朋友，把自己看得太厉害、目中无人的人是会吃亏的。当我们取得好成绩时不要骄傲，要永远怀着一种虚心的态度学习、生活，我们才能不断地取得进步。另外学学小猫咪，在外表不占优势的情况下要用智慧战胜比自己强大又看不起别人的人！

奇思妙想

1. 高大威武的老虎为何让猫教训了呢？

2. 当你考试得了第一名的时候，你是怎么表现自己的？

导 读

蔚蓝的大海连接着蓝蓝的天空，海边飞翔着一群洁白美丽的海鸥，因为北方的冬天非常寒冷，这群海鸥便飞到南方一座温暖的城市，并且受到了市民们空前热情的欢迎，这引起了一只湖鸥的嫉妒，于是它化了装，加入了海鸥的行列，那么接下来会发生什么事情呢？

海鸥与湖鸥

冬天来了，一群海鸥告别了寒风凛冽（ lǐn liè，极为寒冷，严寒刺骨）的北方海洋，飞向温暖的南方。它们飞了很长时间，在温暖的大陆找到了一座湖泊环绕的美丽城市，就决定在这儿过冬。这座城市远离海洋，市民们没有见过大海，现在一下子见到这么多洁白美丽的海鸥飞来，他们十分高兴。市长下令全市放假三天，热情欢迎海鸥，他们在湖边、树丛里、街道旁、屋檐下放置了许多精心制作的鸟巢，海鸥们可以落在这些鸟巢上；到处摆放了新鲜的鱼虾、面包、蔬菜，供海鸥随意食用；孩子们赶排了许多关于海鸥的舞蹈，大人们穿着的汗衫也有海鸥图样，戴的帽子上也画着海鸥的样子，在大街小巷四处游逛。一下子，这座城市变得比过年还要热闹。

一只湖鸥住在城市附近的湖泊里，它看见这种欢迎海鸥的盛况，心中不快。它想，我在这里生活了很多年了，仔细算来，我的家族在这里繁衍（ yǎn）生息了几十代了，但是人们并没有注意到我们的存在，没有得到过什么欢迎和优待。我们在冬天要受严寒，夏天要晒烈日，辛苦地觅食，晚上只能睡在湖畔的乱草窝里，可是对这群海鸥，他们却……真是太不公平了！湖鸥越想越觉得气恼，它便偷偷地靠近海鸥群，躲在草丛里偷看。它发现海鸥也不过如此，身体比自

（海鸥受到了前所未有的热情欢迎。作者极力渲染了这种欢迎的场景。）

（人们对海鸥的爱越重，湖鸥对海鸥的怨便越深。）

己还小，只不过浑身的羽毛雪白雪白，不像自己灰不溜秋；嘴巴鲜红鲜红，不像自己的白喙。它想，这好办！它偷偷地钻进海鸥睡过的巢，把海鸥掉落的白羽毛粘在自己的身上，又飞进城市从一个小姑娘那里偷了她染指甲的红豆蔻（kòu）油，把自己的嘴巴染红，它对着湖水左照右照，觉得自己很像一只海鸥了。第二天，它便混进海鸥的队伍中，从湖泊飞向城市。海鸥们排着整齐的队伍，在微风吹拂下飞进市区，市民们鼓掌欢迎它们，孩子们穿上白色的衣裳表演着海鸥舞，老人们也高兴地唱着海鸥歌："我是一只小海鸥，飞到东来飞到西……"海鸥在城市的上空飞舞着，呀呀地欢叫着向市民致意，然后分散开来，用优美的动作向下滑翔，吃着人们抛向空中的食品，湖鸥混在海鸥群里，它看见那么多的人在向它微笑、鼓掌、挥手，它心里高兴极了，它用响亮的声音唱着："我也是一只海鸥了！我也是一只海鸥了！"可是，过了一会儿它又想：

无论怎么伪装只能是表面功夫，改变不了原来的本质。

场景描写，写出了人们对海鸥的喜爱之情。

心理描写，写出了湖鸥对海鸥的嫉妒与怨恨。

"我们湖鸥应该得到这些欢迎、欢呼，海鸥的家在遥远的大海上，为什么要飞到这里来抢走这份本应属于我们的待遇呢？这显得太不公平了！对，一定要赶走它们！把它们赶回那寒冷的海洋……"

湖鸥这样想着，便故意展开它那对粘了许多白羽毛的翅膀在空中盘旋，放大声音吸引市民的注意，它才是真正的"海鸥"，接着，它展开翅膀向下滑翔，接食孩子们抛向它们的面包团，它很准确地叼住了一块，但没有昂头飞向天空，而是很快地下翔，飞到人们头顶上，还没有等人们反应过来，它已经伸出染了红指甲油的尖嘴，狠狠啄了一口小女孩的圆脸。小女孩疼得"哇——"地哭叫起来，脸上淌下殷红①的血。"海鸥啄人了！海鸥啄人了！"人群吓得惊慌不安，几个小男孩便捡起地上的小石子掷向空中。这只假海鸥没有飞走，它故意在天空中飞得很低，转来转去，把屎拉在人们头上，还得意洋洋地呀呀叫着。

心理描写，写出了湖鸥对海鸥的嫉妒与怨恨。

报复心和嫉妒心让湖鸥彻底失去了理智，变得凶残可恶。

经过湖鸥这么一闹腾，城市的气氛立刻变了。市民们对整个海鸥群有了不良印象，管它真假呢？第二天，报纸上登出了小女孩被啄的照片，并配以"海鸥险些啄瞎人眼，市民千万小心警惕"的大幅标题，有人又写了文章，说起海鸥曾在海上与渔民抢夺鱼虾，渔民都把它们叫作"贼鸥"的事，市长便下令：停止庆祝！严禁欢迎海鸥！市民们拆掉了给海鸥住的巢，不再给海鸥喂食。海鸥们食不果腹，只能在湖里捞些小鱼小虾度日，过了一些日子，冬天还没有过完，它们便没有吃的了，只好飞走了。

湖鸥的行为蒙蔽了市民们的眼睛，它的报复成功了。

海鸥飞走以后，整座城市变得冷冷清清②。市民们望着空空荡荡的天空，忽然又想起海鸥来，想起海鸥美丽的身影，想起海鸥欢乐的呀呀的叫声，想起有海鸥在的日子，又觉得十分对不住海鸥，他们多么希望海鸥再飞来！这天，当他们怀着愧疚③的心情仰望天空的时候，突然，有人发现一个好像海鸥身影的白点出现在湖面上，向城市方向飞来，越飞越大，越飞越清楚，啊，是海鸥！一只海鸥又飞回来了！这只海鸥真是善解人意④！

人们总是在失去以后才想到珍惜。

湖鸥冒充海鸥受到了人们的热情欢迎，过上了衣食无忧的日子。受到了人们的无限宠爱。

其实，这是那只湖鸥，它趁海鸥飞走的机会又飞来了，它刚出现在城市上空，无数照相机咔嚓、咔嚓地拍照，无数枝鲜花抛向空中，无数只手伸向天空，"欢迎你，海鸥！欢迎你留在我们美丽的城市！"人们高兴极了，欢呼起来，把对整个鸥群的爱意与歉意全都倾注在这只湖鸥身上。它住进了市中心花园里专门为它修建的精美舒适的巢，吃着最新鲜的鱼虾和鲜美的面包。吃饱睡足之后，它每天在城市上空展翅飞翔几圈，活动活动筋骨，让市民们欣赏它的姿态，市民们都非常满足、非常高兴，给它无限宠爱："世上最美丽的海鸥！世上最可爱的海鸥！"

湖鸥终于实现了自己受欢迎的愿望，心满意足地享受着这一切。时间过得真快呀，夏天就要到了，一天，有两位著名的科学家来到这里，看见了它，心中十分震惊："呀，不得了，这真是一个了不起的奇迹！——这只海鸥竟然改变了天性，如今不再迁徙了，留在了南方！光这一点，就足以让全世界的所有生物课本重新改写了。这只海鸥真不可思议⑤啊！"为了进一步研究，他们俩花了很多钱向市长租借"海鸥"观察一段时间，他们想亲眼目睹这只"海鸥"在夏季里是怎样离开海洋飞向城市的。

这天，两位科学家带着湖鸥来到大海上，他们在一只快艇上对湖鸥说："海鸥啊海鸥，我们在你的脚上拴上了铜环，请你带着这只铜环飞回那座城市去吧！当你在那里过完夏天后，你将打破一个人们熟知的常识，你便会成为一只世上最著名的海鸥，我们也可能获得诺贝尔奖！"湖鸥听了这些话，心中惊恐万分，拼命拍打着翅膀，被吓得呀呀大叫，但科学家看不懂，以为它很激动，愿意飞向城市，便小心翼翼⑥地将它抱出笼子，抛向了天空。

湖鸥看见无边无际的大海，波涛汹涌起伏，头晕目眩。一股强劲的海风猛地吹来，将它抛向高空，又猛地把它甩向波涛。它粘在身上的白色海鸥的毛被吹飞了，风吹掉了它涂在嘴巴上的红指甲油，它又变成了一只灰不溜秋的湖鸥了。它挣扎在海风和巨浪之间，也顾不了什么体面，张开嘴慌乱地喊叫着："救命呀！救命呀！呀呀呀——"可是海面上的快艇快速开走了，海面上空阔一片，连一块救命的木片也没

设置悬念，科学家的到来会使湖鸥的命运发生怎样的改变呢？

原来科学家是想做一个伟大的实验。

场景描写，在海风与巨浪的夹击下，湖鸥的伪装脱落了，生命危在旦夕。

有。湖鸥精疲力竭⑦，它实在飞不动了，闭上眼睛向大海坠落。"这回没命了！"它的翅膀碰上了凉冰冰的波浪，它觉得自己快要掉进海里死了。可就在这时，它似乎觉得身下忽然飘起了一朵白云彩，白云托起它，慢慢地又浮上了天空。白云很柔软，但很牢靠，一直托着它飞翔。"啊，这是一个梦吗？"它睁开紧闭的眼睛，发现自己在一群海鸥身上，海鸥们呀呀地欢叫着，雪白的翅膀连结成一朵白云，托着它飞向海鸥们的家。

湖鸥哭了，涌出了感动和羞愧的泪。

湖鸥便在这个海岛上住了下来。每天随海鸥一起飞翔在海上，练成了海鸥一样健壮的身体和坚强的翅膀；湖鸥天天与大海为伴，具有了大海一样宽阔的胸怀。冬天，湖鸥离开了海岛，随鸥群飞向它以前生活的湖泊和那座城市，它成为了一只真正的海鸥了。

伟大的海鸥，以德报怨！

湖鸥受到感动，在它不懈的努力下，它变成了一只健壮、坚强的海鸥，加油！

说文解字

①殷红（yān hóng）：黑红色。
②冷冷清清（lěng lěng qīng qīng）：冷静而凄凉。
③愧疚（kuì jiù）：惭愧不安。
④善解人意（shàn jiě rén yì）：能够知道别人的意愿。
⑤不可思议（bù kě sī yì）：不可想象，不能理解。
⑥小心翼翼（xiǎo xīn yì yì）：形容十分谨慎，一点也不敢疏忽。
⑦精疲力竭（jīng pí lì jié）：形容十分疲劳，一点力气也没有了。

故事启迪

美丽洁白的海鸥受到人们热情的欢迎，却招来了一只湖鸥疯狂的嫉妒。湖鸥假扮成海鸥在鸟群中做坏事，使市民们厌恶海鸥，海鸥被迫回到了大海边。善良的海鸥们却又救起了因贪图享乐而差点命葬大海的湖鸥，湖鸥被深深感动了。它在海鸥的帮助下练就了健壮的身体和坚强的翅膀，具有了大海一样宽阔的胸怀。当我们看到别人取得优异的成绩时，要视为榜样，并经过艰苦的努力使自己变得和他们一样优秀。对人对事的心胸一定要像大海一样的宽阔，因为这样的人走到哪里都会受到欢迎的。

奇思妙想

1. 海鸥和湖鸥你喜欢谁，为什么？

2. 生活中的你是个受欢迎的人吗？

导 读

茶壶因为有美丽的瓷、长嘴、把手，就对自己感到特别的骄傲，它把自己身上的除了盖子以外的每一件东西都作为骄傲的资本。它是茶桌上的皇后。可是一只笨拙的手，却把它引以为傲的东西都打坏了。它昏了过去，醒来后的命运会如何呢？让我们来看看吧！

茶 壶

对自己的长处骄傲，对自己的缺点不谈，对比鲜明。

有一个茶壶，它特别骄傲，它对自己的瓷感到骄傲，对自己的长嘴感到骄傲，甚至那个大把手也成了它骄傲的资本。它身体的前后都有点什么东西！前面有壶嘴，又长着一个把手，它总吹嘘这些东西。可是它从来没有提过自己的盖子。因为盖子被打碎了，是后来钉好的，这是它的一个缺点，而人们是不喜欢谈自己的缺点的——当然别人可不会放过揭伤疤的机会。杯子、奶油罐和糖钵（bō）——这些喝茶的用具——个个都把茶壶盖的弱点记得清清楚楚，它们经常提及这个烂茶盖，比谈那个完好的把手和漂亮的壶嘴的时候多。茶壶清楚别人会经常说起它的缺点。

勇于承认自己的缺点还是值得我们学习的啊。

"我知道这些东西的想法！"它自己在心里说，"我也知道我的缺点，但我敢于承认呀。这足以表现我的谦虚，我的朴素。我们每个人都有缺点，别忘了，我也有优点呀。杯子有一个把手，糖钵有一个盖子。我两样都有，而且它们没有的东西我也有呀。我有一个壶嘴，所以我成了茶桌上的皇后。糖钵和奶油罐也要听我的，它们是甜味的仆人，而我就是那个支配者——大家的主宰。我把清凉的茶水分散给那些干渴的人群。在我的壶身里，中国的茶叶在那毫无味道的开水里散发出沁人心脾①的清香。"

心理描写，茶壶充分认识到自己的优点，自称皇后，可见它骄傲自满的性格。

茶壶在大无畏的青年时代发出这样的豪言壮语。它立在茶桌上，桌上铺着洁净的台布，一只非常白嫩的手揭开茶壶的盖子。不过这只非常白嫩的手笨得要命，茶壶落下去了，壶嘴一不小心摔断了，把手也摔断了。那个茶壶再也没有骄傲的资本了，因为关于它的话已经讲得不少了。茶壶躺在地上昏过去了；开水淌得满地都是。这对它来说是一个严重的打击，但是最让它伤心的是大家都笑它。大家只是笑它，并不笑那只笨拙的手。

一只笨得要命的手改变了茶壶的命运。

让骄傲的人失去引以为傲的资本，命运如此安排，为下文埋下伏笔。

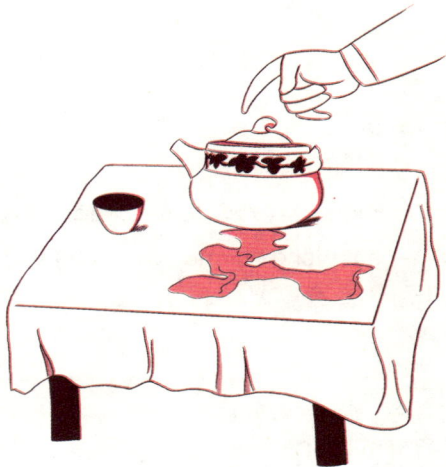

"这次经历让我永生难忘！"茶壶后来反省自己的前半生时说，"人们说我是一个病人，把我扔在一个角落里，过了一天，我又被送给了一个讨剩饭吃的女人。我的身份一落千丈②，沦为贫民了，里里外外，我没什么可自夸的了。不过，正在这时候，我的生活终于发生了转机。真是塞翁失马，焉知非福③。土填满了我的身体，对于一个茶壶来说，我装水的历史自此结束了。但是土里却埋了一个花根。谁放进去的，谁拿来的，我都不知道。不过花根既然放进去了，总算是弥补了中国茶叶和开水的未完成的命运，把手和壶嘴的损失也得到了补偿。花根躺在土里，躺在我的身体里，花根就是我的一颗心，一颗活着的心——我从来就不曾有过这样的感觉。如今，我具有生命、力量和精神。脉搏开始跳起来了，花根发了芽，思想和感觉充斥我的全身。它开放成为花朵。我喜欢这种感觉，我在它的美中忘记了自己。为了别人而忘我——这是一桩幸福的事情！但是花没有感谢我，它没有

事情往往在意想不到的时候会有转机，所以无论遇到什么事都不要悲观绝望。

因为别人的幸福而幸福着，也是一种很高尚的境界哦。

想到我，花被崇拜和称赞。我感到非常高兴，它一定也会十分兴奋！有一天，我听到一个人说应该有一个更好的花盆才能与美丽的花相配。因此人们当腰打了我一下，那时我真是痛得厉害！但是花儿有了一个更好的居所。我的命运如何呢？我被扔到院子里去了。我伤心地躺在那儿，简直像一堆残破的碎片——但是我一直都会记得，我忘不了自己的过去。"

> 骄傲的茶壶，终于清醒地认识到了自己存在的价值。

说文解字

①沁人心脾（qìn rén xīn pí）：指吸入了香气、新鲜的空气或喝了清凉的饮料而使人感到非常舒服。

②一落千丈（yī luò qiān zhàng）：形容状况、地位、声誉等急剧下降。

③塞翁失马，焉知非福（sài wēng shī mǎ yān zhī fēi fú）：比喻虽然暂时受到损失，却可能因此而得到好处，坏事变成好事。

故事启迪

骄傲的茶壶在失去了所有引以为傲的资本之后竟然清醒地认识到了自己存在的价值——哺育了幸福美丽的花。因为别人的幸福而幸福着，在别人的美丽中忘记了自己，茶壶的经历让我们惊叹，茶壶态度的转变让我们感动。无论是谁，只要清楚地认识到自己的价值，什么时候都会有发光发热的余地，哪怕只是默默无闻的奉献。

奇思妙想

1. 你觉得这是一只怎样的茶壶？

2. 你准备如何实现自己的人生价值？

导　读

　　一提到到猴子，我们就立刻会想到聪明、机智、勇敢、活泼等词语，它简直就是智慧的化身。但是如果猴子遇到了鳄鱼，并且是一心想要吃猴子心上的肉的鳄鱼，结果会如何呢？我们一起来看看吧。

猴子和鳄鱼

　　猴子住在一片树林里，在树林的旁边有一条河。这条河的中间有一个小岛，岛上种植了各种各样的果树，有芒果、菠萝，还有桃树。猴子很想吃桃子，但是桃子在岛上种着，水流很急，它无法到岛上去，只好眼睁睁地看着岛上的桃树，馋得直流口水。

　　有一天，小猴子发现水面上突然冒出来一块大石头，位置正好在小岛和岸之间。这对猴子来说真是个不错的兆头，它从岸边纵身一跃，正好落在大石头上；再从大石头上转身一跳，就跳到了小岛上。

　　如今，果实正是繁茂之时，猴子吃得可开心了，恨不得把所有的果子都尝一遍。可是，小猴的胃太小了，它的肚子撑得圆鼓鼓的。它恨不得吃完所有的桃子，但是也只能等第二天再接着吃。

　　从此以后，它每天都很快乐，天不亮就跳到小岛上，又吃又玩，困了就睡一觉，天快黑时再回到河岸边的树林，小猴感到生活真是幸福呀。

　　猴子每天经过的这条河里，住着鳄鱼一家。鳄鱼的妻子可娇气了，有一天，它突然特别想吃猴子心上的肉，就对丈夫撒娇地说："老公，咱们每天都吃鱼，我都吃腻了，能不能给我吃点别的？"

　　鳄鱼问妻子："你想吃什么呢，宝贝？"

这样美丽的一个小岛，谁不想上去啊。

多么幸福的小猴子啊！

设置悬念，鳄鱼妻子的愿望能实现吗？

鳄鱼的妻子说："咱们每天看见的那只吃桃子的小猴是菩萨变的，如果吃了它心上的肉，一定可以长生不老。"

此时的鳄鱼真像唐僧取经路上的妖怪。

鳄鱼说："这好办，我这就去给你捉，你就等着吃肉吧！"

鳄鱼每天都看见猴子经过那块大石头，鳄鱼在天黑前，先趴在那块石头上，仗着自己的皮和石头一个颜色，它想小猴可能分辨不出来，专等着猴子自投罗网①呢！

太阳下山了，猴子吃饱了，也玩够了，准备回家了。它正想跳到大石头上回岸上去，却突然觉得石头有些变化，好像高了很多。

它想：又不是落潮的季节，石头怎么会高了呢？肯定是鳄鱼趴在上面。

猴子细心的观察，为后面的成功脱险种下了种子。

猴子想还是看看怎么回事，不然就有危险。它对着石头喊道："石头呀！"

猴子知道石头当然不会说话了。

猴子又喊道："石头你怎么不回答我？你睡着了吧？"

鳄鱼左思右想，不知道是回答好呢，还是不回答好。

猴子又喊了半天。鳄鱼这个笨蛋自以为：平日里石头可能是回答猴子的，不然猴子怎么叫个不停呢？于是，它就说："太阳下山了，小猴你该跳上来了。"

语言描写，通过鳄鱼的回答表现了它的愚蠢。

猴子吓了一跳，石头上果然有埋伏②，就问："你是谁，趴在石头上干什么呢?"

鳄鱼见自己的计划落了空,就说:"我是鳄鱼,我在这里等你呢,因为我的妻子想吃你心上的肉。"

猴子快吓死了:这可怎么办呀,论力气,我根本斗不过鳄鱼;这小岛根本就不安全呀。坐以待毙③吧,实在不甘心,该怎么逃过去呢?

突然,它灵机一动有了主意,就故作轻松地对鳄鱼说:"你的妻子想吃我心上的肉吗? 这好说呀! 给了你这颗心,我还能再长一个呢。你等了很久吧? 你一定等急了吧? 你张开嘴,我这就跳过去,你把我接住,我要是掉到河里,你可就吃不上我的心头肉了。"

猴子知道,鳄鱼一张嘴,眼睛肯定得闭上,它正好利用了鳄鱼的这个弱点。

鳄鱼个头虽大,但笨得要命,听了猴子的话,信以为真,赶紧照猴子的话去做了,只等猴子自己跳进嘴里了。

猴子心中暗喜,抓住这个难得的机会,一纵身,就跳到了鳄鱼背上;又一纵身,就跳到了河岸上。而鳄鱼这个傻瓜还在等着呢!

猴子跳上岸,嘲笑鳄鱼说:"你就在这里等着吧,你这个笨蛋,想吃我,没门儿。"

鳄鱼眼看着到嘴的东西跑了,只得垂头丧气④地潜入水里,回自己的窝里去了。

真是充满智慧的小猴子一转眼就能够想出好主意。

知己知彼,百战不殆。

猴子的机智灵活与鳄鱼的死板愚昧形成鲜明的对比。

说文解字

①自投罗网(zì tóu luó wǎng):比喻自己进入对方设下的陷阱。

②埋伏(mái fú):在敌人要经过的地方布置下军队,准备袭击。

③坐以待毙(zuò yǐ dài bì):比喻面临险境,不积极采取措施,听任事态发展。

④垂头丧气(chuí tóu sàng qì):低着头,情绪低落,精神沮丧的样子。

故事启迪

聪明机智的小猴子因为发觉到了石头的细微变化,从而发现了鳄鱼的阴谋,并利用鳄鱼的弱点成功地脱逃，它真像智斗妖魔鬼怪的齐天大圣孙悟空。平时多注意生活中的细节，注意观察事物的细微变化，然后发现问题，多动脑筋，就能解决问题。

1. 小猴子是如何成功脱险的？

2. 对"细节决定成败"这句话你是如何理解的呢？

🍵 **导 读**

在花的海洋、花的王国中，百花齐放，争奇斗艳。茉莉花散发着迷人的香气，玫瑰花代表着热烈的爱情，牡丹花象征着高贵，她们都在夸耀自己，争论着谁最美，谁最香。只有昙花默默无闻，她从来就没开过花，在众花的讽刺和打击下，它勤奋用心地学习着别人的优点，终于开出了绝美的花朵。

昙花姑娘

很多美丽的花姑娘生活在花的王国里。她们经常在一起互相评比，看谁最漂亮，看谁的花香最吸引人。

花的虚荣心也是很强的。

茉莉花最爱自夸，生怕别人忘了她，她说："我个头虽小但香味浓，谁家的窗台上不摆着我！"

玫瑰花骄傲地说："所有的爱情歌曲里都赞美我呢！"

蚂蚁菜花也想与她们一争高低："我花期最长，从春开到秋，连深秋的寒霜也打不死我呢！"

牡丹花望望自己高贵、俏丽的身姿，笑笑说："我懒得与你们争，但别人都说我是'天香国色'。"

众花的炫耀与昙花的沉默形成鲜明的对比。

　　莲花姑娘忘了讲自己的美，她头顶着水珠，高兴地说："咱们王国里美丽的姑娘越多越好。"

　　在互相炫耀①的比美声中，只有昙花姑娘显得默默无闻。她虽然头高叶大，但到现在还没开过一次花，别人对她不以为然，被冷落在一边。但是，昙花姑娘并不难过，她羡慕每一个开花的姐姐。她甚至还喜欢那些无名小花。她想，她们如云如雾，不也可以编织美丽图案的一角吗！

比喻句，写出昙花心目中无名小花的美丽。

　　昙花虚心地向众花姐姐整整学习了三年，她很勤奋用心地学习别人的优点，从一个小姑娘长成一个大姑娘了。但是，她最崇拜的是菊花、莲花和牡丹花姐姐。

　　她问菊花姐姐："花中君子，你怎么开得这么秀丽，这么潇洒，这么多彩多姿？你是不是摘下了天上的彩霞？"

遇到问题，虚心请教别人很重要。

　　她问莲花姐姐："水中仙子，你怎么生得这样洁白，这样舒展，从淤泥里伸出枝叶竟然还那么洁净，是清清的池水使你这么娇美吗？"

　　她问牡丹姐姐："姐姐，你的独特的香气是怎样积聚的？你那不浓也不淡的芬芳香气是多么不易，你能向我介绍一下经验吗？"

　　昙花姑娘虚心倾听着姐姐们的回答，默默观察她们开花的规律，她用心地去记住很多细节。她牢牢记着这些花的长处，心里装下了无数个资料小卡片，虽然这样很辛苦，但她并无怨言。

虚心使人进步。虚心努力的昙花姑娘一定不会让我们失望的。

　　玫瑰花是个骄傲的姑娘，她抖动着带刺的围巾讽刺昙花说："真是个傻瓜，笨蛋，只长叶不开花。"

　　"是啊！"蚂蚁菜花附和②着说，"看来，她到死都不会开花了。"

骄傲使人落后，嘲笑别人是不会有好下场的。

　　昙花难受极了，但她并不泄气。表扬，是一种鼓励；讽刺，也能变成一种力量。她向菊花学习傲雪凌霜的气节，向莲花学习纯洁、善良的心地。她心里一直憋足了劲，默默地在孕育自己的花。

昙花胸襟豁达，化压力为动力，虚心学习，力求进步。

　　到了九月，许多花都凋谢了，丝丝秋风给花的王国带来了一些凉意。昙花姑娘一反往日的冷清，她觉得周身散发着一种特殊的热，好像要发生一个巨大的变化，心里学习的知识不断碰撞着、挑选着。

有一天，蚂蚁菜花发现昙花叶片的凹口处长出了一个小圆头，头小小的。她们惊讶地叫起来："昙花姐，你怎么长出这么个东西呀？"

昙花微微笑了，说："我要开一朵花。"

"花？"蚂蚁菜花笑得嘴都合不上了："你是在做梦吧？你是不是想开花都想疯了。"昙花闭上了嘴，心想，你们可以在枝头上开，为什么我就不能开？

十天过去了，昙花叶子上的小圆头伸出了一个绿脖梗，脖梗下结着一个鸭蛋形的白色小苞苞。

蚂蚁菜花睁大了眼睛，叫着："那是什么花呀？"

"昙花姑娘生病了，大家快救救她吧！"花蝴蝶四下传信儿。

菊花被人端到展览会上去了，不在家。花王牡丹只管大事不管小事，莲花姑娘急得直跺脚，搅得池中的水泛起一圈圈的涟漪（lián yī），她很担心自己的朋友，对蝴蝶说："好花蝴蝶，快载着昙花上医院吧！"

可是，昙花知道自己根本就没病，去医院做什么，她笑笑说："我没病，我快开花了。"说完又闭上了眼睛。

十天后，昙花叶片上乳白色的小苞苞越长越大，长出一寸多长的棱子形的大花骨朵，那个绿脖梗变成了秤钩形，面向别的姐妹，挑起了大花骨朵。

花姑娘们全惊呆了！这美丽的花骨朵饱满得像吸足了水，细嫩的乳白色的叶子上披着红中透紫的网纹披肩，每根网纹上还有几个向上翘起的小翅膀，真是好看极了。

蚂蚁菜花们惊奇得目瞪口呆③："昙花姐，这就是你要开的花吗？"

风轻轻地飘来，昙花姑娘点了点头。她没有工夫说话，她要把全身的养料用来开花。她想，只要能创造出一种独特的美，就是累死了，也甘心。

中秋节到了，深秋如水的夜晚，月亮挂在天边。在月光下，花的世界显得更美丽了，人们都在赏月观花。

一盘盘香甜的月饼和晶莹的葡萄摆在小桌上。静悄悄的夜

別人能做到的事情，我们经过努力了也能做到。

清纯、洁白的莲花你是如此善良，真所谓：出淤泥而不染。

细节描写，写出了花骨朵的美丽，同时使用了比喻的修辞方法。

任何事物的成功都要付出艰辛的努力。

色中，一阵低音响起，小花们忽然发现，昙花开花了。她慢慢翘起一层层网纹似的细细的紫红色的花瓣，就像刚刚开放的菊花，飘洒自如，漂亮极了，然后又一层层张开乳白色的花瓣，那紫红色的细瓣收拢起来。啊！这不是莲花姐姐的再现吗？可她又不像莲花那样单薄、平板并依赖水的浮托。洁白、高雅的花瓣全部张开后，花姑娘们才发现昙花的花芯里开放着花蕊，是多么漂亮呀！这是上百根玻璃丝般的晶莹透明的一排花蕊，宛如奏鸣的竖琴的排弦。雄蕊的中心是由十六根柱头组成的，形状类似梅花。这似花又似琴的花蕊，散发着沁人心脾的香气。

昙花的开放，让花王国里的众花姐妹感到惊奇万分。

月光柔情地抚摸昙花那累得瘦弱的身体，星星欢乐地眨着眼睛向昙花致意，风奶奶吹拂着昙花的香气，小蜜蜂"嗡嗡"地奔走相告："昙花姑娘开花了。"

爱讲话的茉莉花抢先祝贺："昙花，真没想到你的气味是这么清香好闻，比我的香味好多了。"

玫瑰花羞愧地说："我讽刺你太不对了，你洁白非凡，不像我那么娇艳粗俗。"

花中之王牡丹也说出夸奖的话："你的风度真是落落大方！"

一群蚂蚁菜花围了过来，真诚地说："昙花姐呀，学习大家的优点，用全部的心血孕育④了自己独特的美。花的王国里因为有了你这珍奇美丽的花，我们就变得更加多彩多姿了。你为我们增了光。"

"咔嚓！"一声，摄影师萤火虫用闪光灯抢拍了昙花难得一见的美丽身影。

人们围着昙花赋诗、填词，把她称为"月下美人"。

可是，人们只顾欣赏昙花却忘了给过度劳累的昙花补充营养，她用尽了能量，又累又饿。勤奋而无私的昙花呀，在自己生命史上这短暂、绚丽的一瞬间，她尽情地吐露着芬芳，让人们用心欣赏花的美丽。

零点的钟声响过了，人们都要睡觉了，花姑娘们也进入了梦乡。累极了的昙花像优秀的体操运动员一样，一直坚持到最

（旁批）

细节描写，此处详细描写了昙花的美，是对昙花坚忍、执著的肯定和赞扬。做任何事情只要我们坚持并努力，就一定会成功。

使用比喻的手法，把花蕊比作竖琴的排弦，形象生动。

昙花的美，让带刺的玫瑰也知错了。昙花用自己的绝美征服了一切。花儿们的表现与前文形成对比。

人们往往只看到花开的美丽，却忽略其付出的辛苦。

写出了昙花虽疲惫，却不失优雅的姿态。

后。她慢慢地合上白绸衣，又收拢了紫红色披肩，然后姿态优美地、悄悄地闭上了眼睛。

第二天清晨，当花姑娘们来看望昙花时，昙花姑娘还没有醒来。她睡得多美呀！还是那样洁白高雅，还在散发着淡淡的余香，好像一个睡美人。

花姑娘们想起几年来真不应该给昙花刺激和冷遇，想起昙花给花的王国带来的荣誉，都激动地说："昙花姐，你真是我们的榜样。"

昙花经过自己的努力终于赢得了别人的赞誉。

说文解字

①炫耀（xuàn yào）：夸耀显示。

②附和（fù hè）：大家怎么说，也跟着怎么说。

③目瞪口呆（mù dèng kǒu dāi）：形容受惊而愣住的样子。

④孕育（yùn yù）：比喻在现存的事物中生长着新事物。

故事启迪

默默无闻的昙花姑娘被人冷落在一边时，她把讽刺看成是一种力量，向姐姐们虚心地学习，博众家之长，采天地之精华，用全部的心血孕育着自己的美。用这种独特而又绚丽的美征服了一切，也征服了使人浮躁的心。我们在感叹昙花绝世之美的同时，它的精神更值得我们去膜拜，它坚定的意志更值得我们去推崇。当我们受到刺激，遭到冷遇的时候，想想接受命运挑战的昙花吧，一定要积蓄力量开出一朵属于自己的独特的有魅力的花来。

奇思妙想

1. 昙花是怎样开出花来的？

2. 生活中的你受到过不公平的待遇吗？

☕ 导 读

什么样的朋友才叫忠实的朋友呢？我们只想过忠实的朋友就是忠于我们，至于要回报朋友些什么，你知道吗？一只年老的河鼠也有这样的困惑呢。我们一起来听听梅花雀讲给河鼠的故事吧。

忠实的朋友

有一天，一只年老的河鼠爬出洞来，伸出了头，它看见肥大美丽的母鸭在教它的宝宝们学游泳。"你们要学会在水里倒立，这样你们才可能有机会与上等人来往。"母鸭说。但小鸭子们根本不在意母鸭的话，它们随意地在水里游动着、嬉戏着，它们还太小，才管不着与上等人来往有什么好处。

孩子们总是不理解大人的思维。

"这些孩子真是不懂事，当心淹死。"河鼠说。
"不能随便教训它们。"母鸭答道，"凡事开头都不容易，

父母是孩子人生的第一位老师，更要懂得万事开头难的道理。

做父母的要有些耐心才好。"

"哼！我不懂做父母的是怎么想的。"河鼠说，"我没有结过婚，也不想结婚。爱情是很好，可友谊却比它高尚得多。说实话，我不知道在这个世界上，还有什么比忠实的友谊更宝贵、更难得的了。"

"那么，请问河鼠先生，什么样的朋友才是一个忠实的朋友呢？"一只梅花雀插嘴问道，这个小家伙正蹲在树枝上。

"你的问题真是幼稚啊！"河鼠大惊小怪①地说，"忠实的朋友当然就是忠实于我了。"

> 文章设置悬念，吸引出下文的故事。

"那你用什么方法回报你的朋友呢？"梅花雀扇了扇翅膀，继续问道。

"我没听明白你的话。"河鼠说。

"让我给你讲个故事吧。"梅花雀说。

"这故事和忠实的朋友关系大吗？如果是，我倒愿意听。"河鼠说。

> 语言描写，田鼠的话说明它并不懂得朋友是需要回报的。

"这个故事的名字就叫《忠实的朋友》，我想，应该和你所说的事有关系。"梅花雀对河鼠说。

"好啊，我也很想听呢。"母鸭游了过来，要听梅花雀讲故事。

以下是梅花雀讲的故事。

有一个男孩子叫汉斯，他性格很好。小汉斯长着一张很和善的圆圆脸，他心地善良。

> 肖像描写，汉斯外貌和善，内心善良。

小汉斯独自生活在一间小屋里，他天天在园子里工作。他的园子里种了一些蔬菜和各种鲜花，有的品种还十分珍贵呢！各种花争芳斗艳，有紫罗兰、美洲石竹、黄水仙、丁香、番红花，还有中国的牡丹和法国的松雪草……花园里一年四季都开着艳丽的花朵，真是让人感到赏心悦目（指看到美好的景色而心情愉快）。

小汉斯有很多朋友，但经常来拜访他的是点心师浦修。浦修十分富有，不仅有个点心铺，还有一间磨坊和一大群牛羊。浦修经常拜访小汉斯，每次走的时候都要从小汉斯的花园里折一大束花，遇到果子成熟的季节，还要摘些樱桃或者果子回去。不过，浦修却从来没给小汉斯拿过礼物，哪怕是一块点心

> 浦修是一个自私的人，只懂索取，从不知道回报。

也没有送过。

浦修常常对小汉斯说："真正的朋友就要共同分享一切，友谊是不能自私的。"小汉斯听着，微笑着点头，拥有这样一个有思想的朋友他觉得可高兴了。

小汉斯一年到头，辛苦劳碌，春、夏、秋三季，他去市场上卖鲜花和蔬菜，吃饱饭还没问题；可是冬天一到就不幸了，一天只能吃一顿饭，常常是饿着肚子上床睡觉。

冬天真是太难熬了，他常常感到寂寞。因为浦修冬天不会来拜访他。

浦修自己躲在温暖的家里，悠闲地嗑着瓜子，对自己的妻子说："在春天来到之前，我是不会去小汉斯的园子的，我又拿不回来什么东西。另外，小汉斯有困难，我就更不会打扰他了，会让他很难过的。这是我对友谊的看法，等到春天来了，我再去找他，他可以送我一束早开的鲜花，他可高兴这么做了。"

浦修的妻子坐在壁炉旁的一张沙发上，十分得意地修剪着她那保养完好的指甲，这时便回答丈夫道："你为别人考虑得很周到。我同意你的意见，这样的友谊对我们好处多多呀。"

这时，浦修的小儿子插嘴说："为什么我们不请小汉斯来看望我们呢？如果小汉斯没有东西吃，我可以把我的饼干给他吃，还让他和我的小白兔玩。"

"真是个傻孩子！"浦修对儿子喊到，"如果小汉斯到了我们家，看见我们家的温暖，看见我们家美味的点心和葡萄酒，他会妒忌的。妒忌你懂吗？这可不是什么好事，会损害他人的高尚品德。我可不能破坏了小汉斯的品德，我是他忠实的朋友，我要照管他，不让任何东西来诱惑他。"

"再说了，如果小汉斯到了我们家，提出来要借一点面粉，那我们该怎么办？面粉和友谊这两件事不能混在一起。你会读这两个单词吗？发音不同，意思也不一样。"

浦修的妻子喝着柠檬茶说："你的话有道理，就像在礼拜堂里听教士讲经一样。"

浦修的小儿子涨红了脸，他不明白父母的话，只好也不说什么了。

旁注：

描写了小汉斯冬天的不幸与浦修交朋友只看利益的无耻。

浦修的行为与他常对小汉斯说的"真正的朋友就要共同分享一切"是相违背的。

多么善良友好的小孩儿！与浦修的自私冷漠形成鲜明对比。

她和浦修一样自私、虚伪！

"你的故事讲完了吗？"河鼠问梅花雀。

"这才刚开始。"梅花雀回答说。

"那你讲故事的方法太落后了。"河鼠说，"最新的方法是，先讲结尾，再讲开头，最后才讲中间。这是我听一个有名的人说的，他戴着一副蓝眼镜。不过，现在还是接着讲吧，我喜欢那个点心师浦修，我觉得我同意他的观点。"

"好听，那我接着讲。"梅花雀扇了扇翅膀，活动了一下两条腿，蹲在了另一个树权上。

冬天过去了，田野上又开满了五颜六色的花。

浦修说："我要去看望小汉斯了，我有太久没有见到他了。"

"好啊！"他的妻子回答，"你太善良，小汉斯真应该感谢你。拿着一个大篮子，亲爱的。"

点心师浦修拿着一个大篮子上路了，向小汉斯的园子走去了。

"早安，我的朋友。"浦修热情地跟汉斯问好。

"早安。"小汉斯停下手中的活，满面笑容地回答。

"冬天生活得怎么样？"

"感谢上帝，我可熬过来了。毕竟春天已经到了，我真高兴，我的花已经开始绽放了。"

"这个冬天我们可想你了，不知道你过得怎么样？"

"你太好了，我还认为你忘了我呢！"

"怎么会呢？汉斯，无论相隔多远，离开多久，我都忘不了你这个真正的朋友，这就是友谊的力量。你看，你的生活中充满了诗情画意，你的迎春花长得多好呀！你应该学会欣赏。"

"是啊，它们确实长得好，花也开得早。"小汉斯说，"我正准备把花带到集市上去，卖给镇上的小姐，有了钱就可以赎回我的小车，我运土正需要车呢！"

"你怎么把小车卖掉了？你真够蠢的。"

小汉斯说："我不得不这样做。为了换一个面包吃，我先是卖掉了衣服上的银纽扣，然后卖掉了妈妈留给我的银项链，最后卖掉了我的小车。没办法，对我来说冬天太残酷了，我要

自负的河鼠一直以挑剔的眼光看着梅花雀。它和浦修一样自私。

对话描写，夫妻二人的对话体现了他们虚伪贪婪的本性。

春天来了，小汉斯有了希望。

浦修的话另有所图，他看到的是汉斯的迎春花带来的利益。

小汉斯的生活充满艰辛，可他对自私的朋友依然很热情。

生存呀。现在好了，我可以赎回它们了。"

点心师浦修说："小汉斯，我愿意把我的车给你，这辆车少了几根辐条，一边的木架也散落了，但我还是要把它送给你。有人会说我太傻了，但我认为慷慨②是友谊的重要组成部分。而且我还有一辆新车，用不着那辆旧车了。"

小汉斯忠厚的圆脸上充满了喜悦，说："你太好了，有你这样慷慨的朋友真是我的运气。小车破不要紧，我可以修好它，我正好有一块木板。"

> 善良的小汉斯总是以乐观的态度对待生活，以最大的善意对待朋友。

"你有一块木板吗？太好了，刚巧我的谷仓烂了一个洞，正需要一块木板来补呢！"浦修说，"既然我已经把小车给你了，你把木板送给我吧；小车可比木板贵多了。我不在意是否吃亏，真正的友谊是不会留心这些小事的。请你把木板拿给我，我今天就要修我的谷仓，不然谷子会受潮的。"

> 浦修不改他索取的本性，并且总是把话说得冠冕堂皇。

小汉斯没有多想，马上拖了一块木板给他。

浦修仔细观察了那块木板说："木板不够大，如果我补了谷仓，可能就不能补小车了。不过这不是我的过错，影响不了我们的友谊。既然我把小车送给你了，我想你一定会很高兴地送一些花给我，我很懂得欣赏它们呢。我今天带了一个篮子，请给我装满。"

> 小汉斯对朋友多么慷慨大度啊！

小汉斯看着那么大的篮子为难了，说："装满吗？"因为那篮子太大了，足以把他可以拿去卖的花全都装走。

> 可见浦修的贪婪本性。

"当然。"浦修说，"我把小车都送给你，要你一点儿花来欣赏，你还小气。也许是我想错了，不过我总认为友谊——我是说真正的友谊，是不带一点私心的。"

"亲爱的朋友，你是我最好的朋友，我的花园就是你的花园，银纽扣和银项链无所谓，哪天赎回③来都没关系，我很高兴可以成为你真正的朋友。"小汉斯激动地说着，剪下了园子里盛开的迎春花，装满了浦修的大篮子。

> 小汉斯的质朴慷慨和浦修的贪婪形成了鲜明的对比。

第二天早上，小汉斯正忙着剪花枝，浦修又来了，肩上扛着一袋面粉。

"亲爱的小汉斯，你帮我把这袋面粉送到集市上去好吗？"浦修说。

"真不好意思，我今天要干的活太多了。"小汉斯说。

"我已经答应把小车送给你了，你竟然拒绝我，是不是有点儿不讲情面？"

"啊，看你说的，我怎么会不讲情面呢！"小汉斯说着就放下了手中的工作，接过那一袋面粉，去集市了。

到集市的路好远啊，天气好热呀，等汉斯到了集市上，把面粉卖了，匆忙赶回家，天都快黑了。他匆匆忙忙地做了一些饭，就上床睡觉了。

第二天一清早，浦修来要那袋面粉的钱，可小汉斯昨天太累了，还在睡觉。浦修有点儿不高兴了，说："你太懒了，我就要把小车给你了，你就应该勤快些。懒惰不是好习惯，没人愿意和懒人交朋友。你不会怪我说话直率吧？咱们可是好朋友，忠实的朋友才会这样说呢，正所谓忠言逆耳嘛！"

小汉斯揉了揉眼睛，说："请你原谅，我太累了，我困死了。"

浦修拍了拍小汉斯的肩膀，说："赶紧穿好衣服，帮我补谷仓。"

小汉斯不好拒绝，但是他说："我的园子已经有两天没浇水了，还要给花搭架子，我的确很忙。你不会以为我不讲交情吧？"

"我已经答应把小车给你了，所以你帮我也是应该的。算了，既然你不肯帮忙，我就自己干。"浦修有些不乐意。

小汉斯忙说："那好吧，我去帮你！"他在浦修的谷仓里忙了一整天，才把大洞全都补好了。天快黑时，浦修来看小汉斯做好了没有。小汉斯拍打着身上的灰尘，说："你看看吧，全好了。"

浦修说："能帮助别人是世界上最快乐的事情吧？你这么认为吗？"

小汉斯擦着额头上的汗说："你的话的确很有哲理，不过我想我不会有这样美丽和高尚的思想。"

"你会有的，不过你要努力呀。你先做好表达友谊的行动，将来你就会有友谊的理论了。现在你休息吧，明天帮我放牧牛羊。"

只是答应把小车送给人家，就已经向朋友提出了这么多要求，多么无耻的人啊！

浦修的友谊理论只是用来约束朋友的，对自己却毫无用处。

浦修对朋友的要求总是一个接一个，与他做朋友真是一件很悲哀的事。

勤劳真诚的小汉斯真是一个很好的朋友。

第二天一清早，浦修就把一群牛羊赶到了小汉斯的家门口，把鞭子塞到小汉斯的手里。小汉斯实在很无奈，只好又为浦修放了一整天的羊。

天天为浦修干活，小汉斯的园子都快荒芜④了，可浦修总是让汉斯为他做事，还经常讲起关于友谊的美丽理论，使得小汉斯又痛苦、又困惑。

一天晚上，天气很恶劣⑤，雷雨大作。小汉斯刚刚睡下，就听到"嘭、嘭"的敲门声。开门一看，浦修披着雨衣，站在门口，一只手拿着手杖，另一只手还拿着一盏汽灯。

"亲爱的小汉斯，我真是太悲惨了，我的小儿子从楼梯上滚下来受伤了。医生住得很远，所以我想要你帮我找医生。你知道我就要把小车送给你了，你可要帮我，我觉得这很公平。"

小汉斯说："我很同情你的孩子。你既然下着大雨来找我，我当然要去找医生了。不过你要把汽灯借给我，因为天太黑了，路又滑，不然会摔跤的。"

"这是我新买的汽灯，玻璃很容易碎。如果摔坏了，我可要花不少钱呀！"浦修说。

"那我就不用灯了，我现在就走。"于是，小汉斯披了件旧大衣，折了根树枝做手杖，冒着大雨去请医生了。

这个夜晚真吓人，风刮得很猛烈，雨下的也很大，伸手不见五指。小汉斯摔了好几次跤，走了大约三个小时，才找到了医生的家。

医生的态度可好了，立刻叫人备马，又穿上靴子，提上灯笼，就出发了。小汉斯跟在后面跑。

雨越下越大，小汉斯看不清路，也跟不上马，迷路了。一会儿，山洪暴发，可怜的小汉斯被淹死了。直到第二天中午，几个牧羊人才发现他的尸体，他们把尸体抬到了小屋里。

安葬小汉斯的时候，全村几乎所有的人都去为他送行。小汉斯诚实善良，大家都喜欢他。

葬礼结束后，送葬的人坐在一起喝茶、吃点心。一位铁匠说："小汉斯死了，对我们村的每个人都是一种损失。"

浦修接着说："反正对我的损失最大。我快要把我的小车送给他了，可他现在用不着了。我真不知道该怎么处理这辆车，它太破了，破得根本不值钱。以后我再也不会答应把东西送给人了，说了要送给他还要替别人保存，对别人慷慨吃亏的还是自己。"

"后来呢?"河鼠问。

"这就是故事的结局。"梅花雀说。

"点心师后来怎么样呢?"河鼠问。

"我不知道，我也不关心。"梅花雀说。

"真没有同情心。"河鼠说。

"你肯定没有明白其中的教训。"梅花雀说。

"什么?"

"教训!"

河鼠不乐意，说:"你在开头就应该说这个结局，如果当时你讲了，我就不会再听下去了。"说完，河鼠又用尾巴扫了一下，便走回自己的洞里了。

> 对于自私的河鼠而言，讲这个故事纯粹是对牛弹琴。

"你喜欢河鼠吗?"母鸭问梅花雀，梅花雀还没有回答，她又接着说:"河鼠固然有自己的优点，但对于一个做母亲的人来说，我理解不了它的怪脾气。"

"我想我是得罪它了。"梅花雀说，"因为我讲了一个带有教训含义的故事。不过，这样的教训倒是值得你我思考哩!"

> 我们要思考选择什么样的人做朋友，更要思考如何对待朋友。

说文解字

①大惊小怪（dà jīng xiǎo guài）：形容对不足为奇的事情过于惊诧。

②慷慨（kāng kǎi）：充满正气，不吝惜。

③赎回（shú huí）：用财物把抵押品换回。

④荒芜（huāng wú）：土地无人照管，长满了野草。

⑤恶劣（è liè）：很坏，非常糟糕。

故事启迪

在梅花雀讲的故事中，一直为朋友付出的小汉斯悲惨地死了，真让人伤心难过。他的死告诉我们浦修绝对不是他的忠实的朋友，一味地向朋友索取，只是用嘴巴来空谈理论而从来没有任何一点实际行动的人是虚伪自私可耻的，是不能当成朋友的。忠实的朋友之间应该互相帮助，真诚地关心对方，有着共同的兴趣和爱好，为着共同的目标而一起努力奋斗，并且能共同面对困难。这样的朋友才能让我们感到骄傲和自豪，才是真正的好朋友。

奇思妙想

1. 你认为河鼠知道该回报些什么给它忠实的朋友了吗？

2. 你和你的朋友是忠实的朋友吗？

☕ **导　读**

　　你想要什么就能给你什么的神秘老人出现了。有三个失去父母想外出打工的青年人幸运地遇到了神秘老人，神秘老人让他们得到了他们想要的东西，而他们也对老人许下了诺言。几年之后，乔装打扮的老人再次出现了，三兄弟的生活又一次发生了改变。

神秘老人

　　一位老人从山上走下来，走到半路上，迎面走来了三个身材很瘦的青年人，他们身上背着行李，手里拿着各种工具准备去打工。

　　"喂，孩子们，你们去哪儿呀？"

　　"我们是三兄弟，我们父母都死了，我们想给别人打工哩。如果能找到善良的人家，我们会像对待父母一样侍奉①他，为他做任何事情，排忧解难。"

　　老人把他们收留下来，带着他们上路了。

　　他们下了山，趟过小溪，绿叶掩映的树丛中有一座农舍，一位美丽的姑娘站在庭院里。

　　老大说："如果能使这样漂亮的姑娘做我的妻子，我拼命

三兄弟为了生活，都许下了美好的诺言。

老大干活的目标是为了打扮妻子，体现了他自私的本性。

干活儿，把她打扮得如花似玉。"老人抚摸了一下雪白的胡须，给他们订亲了。老大留下来当了这家的主人。老人叮嘱道："富裕的时候，千万不能忘恩负义②。"说完，领着老二、老三继续赶路了。

像老大一样，老二也娶了一个花容月貌③的妻子，住在了乳白色农舍里。走之前，老人也对他说了这句话。

现在只剩下老人和老三了，二人日夜不停地急着赶路。他们走过一片茂密的森林，越过辽阔的原野，他们看见了一座破旧的农舍。院子里响起一声鹅鸣，一个俊俏的姑娘走出房门，虽是衣服破旧，却很健壮、干净。老三深情地说："如果能娶到这位姑娘，我们会用我们的两双手，创造衣食无忧的生活。我们永远记得那些贫苦的人。"老人很满意地笑了，捋（lǚ）捋他的胡须，也让老三成婚了。

老人一个人走在漫长的路上，一转眼过了三年，忽然想看看孩子们过得怎样，便变作一个穷困、衰弱的老人走回老大家。老大已十分富有，牛羊成群。老人想讨一些吃的，于是他说："给我一点儿吃的行吗，我已饿了三天三夜。"老大不屑一顾④地说："走开，走开，我刚过上好日子，你就来给我添晦气。"把老人赶出了家门。老人来到林边，抚摸了一把自己稀疏的胡子，回头一望，老大的农舍已经被洪水冲走了。

到了老二家，老二也很富有了，看见老人来乞讨，老二老远就吼道："给我滚开！我可没有粮食给你这样的穷光蛋！"老人走到田野，抚摸了一把自己的胡子，回头一望，老二的农舍被大火烧了。

老人一瘸一拐地来到老三家。农舍破破烂烂的，却是窗明几净，他们羊圈里有两只咩咩叫的小羊。老三夫妻把老人请进屋里，端上热气腾腾的饭菜，并给老人穿上干净的衣裳。

老人满意地笑了，老人一边笑，一边恢复了原貌。他又捋捋雪白的胡须，老三的农舍变成了豪华气派的庄园。老人留了下来，与老三一家过着幸福的生活。

说文解字

①侍奉（shì fèng）：侍候（长辈）。

②忘恩负义（wàng ēn fù yì）：忘记别人对自己的恩德，反做出对不起别人的事。

③花容月貌（huā róng yuè mào）：形容女子美丽的容貌。

④不屑一顾（bù xiè yī gù）：认为不值得看一眼。

故事启迪

　　神秘老人的出现让三个年轻人过上了想过的生活。当他再次出现时，忘恩负义的老大和老二，又回到了一无所有的境况，而知恩图报的老三却过上了富有幸福的生活。所以，我们要时刻记着吃水不忘挖井人，滴水之恩，当涌泉相报。在我们平时的生活中，也会有很多很多这样的神秘老人出现，用他们的热心和爱心关心照顾着我们，让我们感受到温暖与爱。难道我们不应该去回报他们的爱吗？哪怕只是真诚地说声：谢谢！

奇思妙想

　　1. 你认为忘恩负义的人会有好下场吗？

　　2. 言必信，行必果，你食言过吗？

☕ **导 读**

有一位神秘的医生医术很高明，穷人都奉他为神明，但富人却对他恨之入骨。这位让那些权贵们都毫无办法的医生就是达乌多。有一次，亲王的夫人病了，亲王不敢请总是捉弄有权有势的人的达乌多了，别的医生又医不好，怎么办呢？接下来我们看看神秘医生和亲王权贵们之间会发生什么有趣的故事吧。

达乌多医生

在一个遥远的王国里，有一个城市，叫做格拉特城，格拉特城有一位非常神秘的医生，他叫达乌多。他之所以神秘，就是谁也弄不清他的本事有多大，好像这个世界上任何事情他都能做到。穷人找他看病，他从来不收费，而且会给穷人一些钱，让他们维持温饱。他从不给坏人看病，对富翁和当官的收钱可多了。所以，穷人奉他为神明，富人对他恨之入骨，但又毫无办法。

有一次，亲王的夫人生了一种怪病，虽然饭吃得很多了，但是人越来越瘦，肚子越来越大。所有的医生都没有任何办法，夫人眼看要死了。

亲王很早就知道达乌多性情古怪，总爱捉弄有权有势的人，他不敢请达乌多看病，但城里别的医生医术不高，只有找达乌多了。

达乌多见亲王来请他为夫人治病，说："可以，但你必须把你家的房子让给我。"亲王为了让他心爱的夫人尽快好起来，虽然很生气，但是也只好勉强①同意。

达乌多为亲王夫人治好病，把亲王家的房子改成了医院，让那些家离得远的穷人住在他家治病。城里的穷人更加尊敬爱戴达乌多。亲王更恨达乌多了，他决心不惜一切代价报复。

一天，亲王带着十几个人，来到达乌多家，打算收拾一下

简单的概括，写出人物的神秘。他对穷人和富人的态度形成鲜明的对比。

亲王夫人的怪病引出下文的达乌多治病。

多么过分的要求啊！

穷人对达乌多的爱戴与亲王对达乌多的恨形成鲜明的对比。

达乌多，并捣毁他的家。

达乌多见亲王带着十几个人满脸怒气地闯进来，微笑着问："你家是不是又要死人了？来这么多人请我。"

亲王凶巴巴地说："我先把你的医院砸烂，再收拾一下你，让你学乖一点。"

住院的病人跪下来，求亲王放过医生。达乌多让病人起来，回头对打手说："你们给我滚出去。"打手们听了，不知不觉，就当真躺下来，滚出院子。达乌多对亲王说："你给我像猪一样爬回家。"亲王立刻四肢着地，鬼使神差地爬回家了，一直爬到家，才站起身来。事后，亲王快要气死了，三天卧床不起，但还是找不到报复达乌多的新办法，最后他决定让国王为他报仇雪耻。

一天，国王听了亲王的哭诉，问："你让我做什么？杀了达乌多，以后王室里有人生了病，我去找谁治？"

亲王说："你用不着杀他，你只要羞辱他一次，我就心里

达乌多气定神闲，根本没把小气的亲王放在眼里。

具体描写达乌多医生的神奇与权贵们的愚蠢无知。

痛快了。"

国王说："关键是我们没有办法对付他，不是不想办，而是对付不了他。我的士兵如果像你一样，完全服从达乌多的意志，你可以想象会是什么样子。"国王过了一会儿，说："找宰相来，听听他的意见吧，我想他可能有办法的。"

宰相立即进宫了。

国王先告知宰相亲王被达乌多羞辱了，然后让宰相想个办法羞辱达乌多。

宰相沉思片刻，说："这事不难，国王陛下把所有的医生召进宫，然后布告全城，说所有的医生没人能治好王子的病，要全部杀头。达乌多对这个事情，肯定不会袖手旁观②。这时，我们提出条件，只要达乌多围着王宫爬一圈，所有的医生都免死罪。他为了救人，不得不爬。"

国王听了宰相的话，连连称赞，立刻下令，召集全城的医生进宫。三天以后，布告已贴满全城。

达乌多听到布告的内容很生气，他进宫责问国王："医生治不好病就要被你杀死，你治不好国家，谁来杀你？"国王说："你如肯为王子治病，他们就不用死了。如果连你也治不好，我可以不杀他们，但你必须绕着王宫爬一圈，像你戏弄亲王一样。这样的条件你肯接受吗？"

达乌多说："什么病我治不了，不过，我想知道，是谁想出这种坏主意。"

国王问："假如我不愿意说呢？"

达乌多说："那就让王子去死吧。"国王说："宰相想出来的，你想怎么样？"

达乌多说："好吧，我同意你这个可恶的条件，带我去给王子看病。"

达乌多看了一眼王子，他知道王子在床上装病，对国王说："你还是先放了医生，要不然，我不给王子治病。你不要以为王子没病，过不了三天，他就会头上生疮，脚下流脓。不信，那你就等着瞧吧。"

达乌多说完，转身走了。国王有点害怕他说的话，决定三天后再作打算。

（旁注）

达乌多神奇的能力让国王都束手无策。

坏人往往会拿好人善良的心地作为进攻的突破口。

达乌多的反问很有力，充分说明他是个正直善良而又头脑聪明的人。

王子装病，达乌多却说他会真病，真的会这样吗？此处设置悬念，引发读者的好奇心。

三天后，王子的头上果然长出鸡蛋大的疮包，脚下淌出脓水，王子疼得翻来覆去，被折腾得死去活来。国王也害怕了，赶紧请达乌多进宫。

达乌多进宫后，给王子服药，王子立刻不疼了，脚下也不流脓水了。达乌多对国王说："你必须下令，让亲王和宰相学驴叫，爬着绕王宫一周，不然王子就治不好了。王子的病随时都可能再犯。"

国王仔细想了想，为了王子，只好让亲王和宰相出丑了。

亲王和宰相不敢违抗国王的命令，只好真的绕着王宫爬了一圈。从此，那些大官再也不敢为难达乌多了。

事实证明了达乌多的预言，更增添了他的神秘感。

想羞辱达乌多的人必定会自取其辱。

达乌多凭借着聪明与智慧保护了自己，让权贵们再也不能为所欲为了，痛快！

说文解字

①勉强（miǎn qiǎng）：不心甘情愿。

②袖手旁观（xiù shǒu páng guān）：比喻置身事外，既不过问，也不协助别人。

故事启迪

这位医生不但医术高明而且品德高尚，又是那么的正直善良，对待穷人如春天般一样温暖，有权有势的权贵们别想在他面前为所欲为，他用自己的聪明才智保护了自己不受羞辱，这就是达乌多。真希望让全世界的医生都视他为榜样，推崇他高尚的医德，学习他精湛高超的医术和勇于同权贵作斗争、不向权贵折腰的精神。

奇思妙想

1. 你喜欢达乌多吗？为什么？

2. 当你生病看医生时，你觉得医生怎么样？

☕ 导 读

你知道有能结金苹果的苹果树吗？国王就有一棵这样的树。但他的金苹果总在要成熟的时候被偷走，国王的小儿子要看守金苹果树。是谁偷走了金苹果？小王子能捉到偷苹果的贼吗？其中又会发生什么故事呢？

金苹果

在遥远的王国里，住着一位国王，他的花园是天下最美丽、最好看的。花园里种着各种各样的花草和品种繁多的树木。小鸟儿在树枝上唱歌，小蜜蜂在花丛中飞来飞去，到处鸟语花香①，景象特别温馨。

但是，花园里有时也很热闹。

花园的中间种着一棵苹果树，树上年年结出金苹果，每当金苹果成熟时，就被人偷偷地拿走，许多士兵把守这棵树，但是也防止不了别人偷。国王生气了，就想派士兵砍掉这棵苹果树。然而小王子普里斯利向国王提出，他晚上来把守这棵树，如果守不住再砍也不迟。国王同意了他的要求，就让小王子去守苹果树。

小王子准备了两本书、一张弓和一袋箭，然后，他就躲进苹果树旁边的树丛里。他一边借着月光读书，一边守卫苹果树。

前两夜，一切都如往常，到了第三夜，当天快亮的时候，天空一片漆黑，只见狂风大作，小王子被狂风吹得前仰后合，睁不开眼睛。就在这时，小王子好像看到了一个似人非人的妖怪走近了苹果树，就在妖怪准备摘苹果之时，王子"嗖"地射出了一箭，正好射中妖怪的肩膀，妖怪尖叫着跑了。王子从地上捡起金苹果，小心地放在了银盘子里，恭恭敬敬地献给了国王。

旁注：
环境描写，描写了国王花园的优美景色。

金苹果是被什么人偷走的呢？此处设置了悬念。

小王子的机智勇敢为下文作了铺垫。

环境描写，恶劣的环境预示着不好事情的发生。

小王子凭借自己的勇敢与机智成功地得到了一个金苹果；为他以后的幸福生活埋下伏笔。

第二天，小王子沿着妖怪的血迹，追赶妖怪，两个哥哥和小王子一起前往。

兄弟三人来到了悬崖边，悬崖下是万丈深渊②。两个哥哥先后下去了，但他们一到谷底，看到周围阴气森森，阴风阵阵，就吓得要命，急忙晃动绳子，要弟弟拉他们上去。

第三天，该普里斯利下去了。两个哥哥由于嫉妒③，并且担心父亲让弟弟继承王位，就开始使坏心眼。他们把普里斯利放下去后，正想转身跑回宫殿。

这时，就听小王子在谷底喊道："哥哥啊，这里有三个美丽的公主，妖怪强迫她们啦。大哥、二哥，快拉她们上去吧！"

三位如花似玉的公主被拉上去了，两个哥哥一见美女高兴极了，带着公主就跑，也不顾他们的弟弟了。回到王宫后，他们向国王谎称弟弟摔死在深谷了。

国王为失去了勇敢的小儿子而悲痛地哭了一天一夜。

小王子被两个品质恶劣的哥哥扔在了谷底。他没有别的选择只好和妖怪搏斗，整整三天三夜，才杀死了妖怪。

同样是生活在王宫的王子，品行差别却如此之大。

两个哥哥的卑鄙做法将小王子的形象衬托得非常高大。

逆境之中更显现出小王子的英勇。

妖怪被除掉了。但是小王子人在万丈深谷，怎么才能走出去呢？小王子正在想办法时，突然间听到了一阵凄惨的哭叫声。他顺着声音找去，原来是一条大蟒正在吞食小鹰。小王子奋力杀死大蟒，救出了一群小鹰。

为了报答小王子的救命之恩，鹰妈妈把小王子驮出了深谷。

想要出万丈深谷很困难，需要耗费很大的体力，事先得准备许多肉块。

小王子准备好肉，老鹰起飞了，飞行的途中，只要老鹰一张嘴，小王子就塞给它一块肉。肉已经吃光了，老鹰也没有力气了。小王子只能割下自己腿上的肉让老鹰吃。

小王子在老鹰的帮助下终于飞出了深谷。

小王子飞出深谷以后，衣衫褴褛④像个乞丐。他听说三公主拒绝了所有的求婚者，她只会嫁给献上金纺锤的人，而金纺锤是藏在金苹果里的。

> 好人有好报，小王子终于脱离了险境。

小王子从金苹果中取出了金纺锤，献给了公主。公主见到金纺锤，流下了幸福的泪水，说："这就是把我从妖怪的魔爪下救出的人。"

国王一开始未认出眼前的青年就是自己的小儿子，他一直以为普里斯利早就死了呢。

> 勇敢坚强的小王子终于苦尽甘来，过上了幸福的生活。

国王看到小儿子死里逃生回来了，十分高兴，亲自为普里斯利和小公主举行了盛大婚礼，同时向全天下宣布，由普里斯利继承他的王位。

从那以后，普里斯利和公主过上了幸福的生活，举国上下欢欣鼓舞，老百姓在新国王的治理下生活得也十分幸福。

说文解字

①鸟语花香（niǎo yǔ huā xiāng）：鸟鸣叫，花飘香。形容大自然的美好景象。

②万丈深渊（wàn zhàng shēn yuān）：比喻十分不利的处境。

③嫉妒（jí dù）：妒忌，对品德、才能等比自己强的人心存怨恨。

④褴褛（lán lǚ）：衣服破烂。

故事启迪

　　机智勇敢的小王子普里斯利不但看守住了金苹果，杀死了妖怪，还救出了三位漂亮的公主。可是他的两个可恶的哥哥却在最危险的时候弃他于不顾，他只能凭借自己的机智和勇敢去战胜强大的敌人。但是好人终会得到好报的，他终于在老鹰的帮助下，重回故里，娶了美丽的情深意重的三公主，继承了国王的王位，过上了幸福的生活。记住了，只有勇敢和坚强的人才有资格获得幸福美满的生活。那些贪生怕死又阴险可恶的人是永远遭人唾弃的。

奇思妙想

　　1. 你知道为什么只有小王子能看守住金苹果吗？

　　2. 你愿意做一个人人都景仰的大豪杰大英雄吗？

导 读

在中国的唐朝有个神童叫骆宾王，他七岁就作诗《鹅》，至今仍被广为传颂。无独有偶，在朝鲜也有这样一个神童，他能猜出最难猜的谜语。他的聪明才智传到日本天皇耳朵里，日本天皇却根本不相信有这样聪明的孩子。他出了很多谜语来刁难这位小神童。

神 童

文章开篇交待了神童的来历与不凡的表现。

　　在朝鲜有一个偏僻的村庄，村里有一个很老实的农民。他有个儿子十分奇特，别人家的孩子一天一天地长大，而他的儿子却一个小时一个样，这个小孩七岁的时候，早已是闻名全国的神童了。算命的说，这孩子出生的时刻非常好，命中注定他和一般的孩子不一样。

日本天皇的不信引出下文的故事。

　　这孩子七岁时就能读书、写字、作诗，并且猜得出最困难的谜语，真是聪明绝顶了。日本天皇听说了，根本不信，就派了几个有名的博士①到朝鲜去查验一下。天皇对他们说："你们到朝鲜去找这个小孩，考察一下他。说实话，我不相信世界上真有这样的神童。"

　　博士们奉命坐船启程了。启程这天正好是顺风。很快，这只日本船就停靠在朝鲜国的码头上了。日本的博士们一上岸，就看到一个小孩子坐在岸边的石头上读诗，声音清脆流利，显得十分纯熟。

这个孩子是谁呢？这里设置悬念，发人深思。

　　几个博士停下来仔细听他在读什么。其中一个博士对小孩说："这些诗作得不错，是谁写的？"

　　小孩说："是我呀！"

　　博士看看这个天真的小孩，根本就不相信他的话。

这个自信的孩子真的会作诗吗？又是一个悬念。

　　小孩很自信地对博士说："你不相信吗？那你考我吧，看我是不是真的会作诗。"

几位博士相视而笑，认为自己没必要和一个小孩斗气、争高低。但转念一想，此次的任务不就是要考察一个十岁的孩子吗？于是，他们想和小孩比试一下。

一个博士说了头一句："船桨划破水中月。"

小孩立即接了下句："头顶苍穹星满天。"

多么有才华的孩子啊！

小孩对答如流，令博士们吃了一惊，这朝鲜的小孩可真是了不起，但也可能是碰巧对上的呢？于是，一个博士又想再考一考小孩："利箭越过大海洋。"

小孩说："谣言传遍全世界。"

他们比试了几十句，小孩都能快速地回答出来，博士们终于服了，完全相信这些诗句的确是小孩自己作的，但他们还是想出一道特别的题目，来考考小孩的智慧。

一个博士问："老鼠和鹦鹉是两种动物，一个在天上飞，一个在地下跑，为什么它们都'吱吱'地叫，叫声竟然一

多么奇怪的问题啊！

样？"博士认为这个问题很难，即使大人也不可能回答出来。

小孩根本没思考就说："这和猪、狗'汪汪'叫是同样的道理。""你错了，孩子，"博士说，"只有狗才'汪汪'叫，猪从来不会这样叫。"

小孩"咯咯"地笑起来，说："当鹦鹉'吱吱'叫的时候，猪就会'汪汪'地叫了。"

小孩的回答敏捷而又机智，让博士们感到非常吃惊，他们开始喜欢这个孩子了，于是改变了开始时的轻视态度，亲切地问他："孩子，你多大了，叫什么名字？"

"我叫崔劲光，今年七岁。"小孩很有礼貌地回答。

日本博士惊呆了，他们想：朝鲜国的孩子这么小竟然这样聪明，那么大人可能会更聪明了。我们连小孩都考不住，还能去考成年人吗？说不定还会被别人难倒了，还是回去吧。于是，他们赶紧离开了岸边，返回船上，就启程回国了。

回程刚好遇上了台风，船在风浪中漂泊②了好几天，用了快十天的时间，才回到日本。一上岸，他们赶紧朝见天皇。

天皇看见博士们都愁容满面、疲惫不堪③，心里很纳闷，就问他们："你们这次去朝鲜见到些什么？朝鲜人富裕吗？他们的小孩真的聪明吗？"

博士们听见天皇这样问，都慌张得不得了，因为他们这次到朝鲜，除了那七岁的小孩之外，没有接触任何人，更没到朝鲜国内看看具体情况。天皇这样问，他们不知该怎么说。

博士中有一个人比较狡猾，他慌忙跪了下来，想随便回答一下天皇，他看起来很惶恐，说："尊贵的天皇陛下，臣等这次去朝鲜受尽了侮辱。朝鲜人看不起咱们，他们说，日本竟然还有个天皇，他们不知道呀。当我们讲起陛下的名字时，他们根本没人肯跪下叩头。"

天皇生气地喊道："朝鲜人竟敢如此无礼，我一定要派军队打他们。"

天皇身边的几位大将也附和④着说："对，我们应该打他们，不然他们就不会尊敬我们。"

天皇的大臣们也都同意出兵，因为他们认为天皇被别人侮辱，就等于国家受到了侮辱。

多么机智敏捷的回答！

呼应开头，暗示了孩子的身份。

没有调查就没有发言权。

狡猾的家伙，为了推脱责任竟胡言乱语，不负责任。

愚蠢的日本人最喜欢用武力解决问题，他们哪里知道这样只能更加验证他们和猪一样的愚蠢无知可笑。

　　等天皇的怒气稍稍有所平息时，他开始考虑征讨的计划。他想到一个好办法，于是吩咐人把宝库里的一个琥珀箱子搬出来。

　　仆人们把箱子搬上了大殿，把大箱子放在天皇的面前。这个箱子，做工很讲究，并没有上锁。看着这只箱子，天皇举起手。大殿上的臣子和将军们惊恐万状⑤，俯倒在地上，连头都不敢抬。他们知道，天皇的这个动作，就是要杀人。

残暴的天皇，不拿人命当回事。

　　出乎他们意料的是，这次平安地过了一会儿，天皇就叫他们抬起头来。原来，天皇是趁他们低头的时候，把一件用棉花包裹的东西放进箱子里，又贴了一个封条，盖上了自己的印鉴。做完之后，天皇就命令臣子们抬起头来，很威严地对军师说："你还要再去朝鲜，把这只箱子交给朝鲜的国王，告诉他不准打开箱子，但要猜出箱子里的东西。如果他在秋天到来之前，还猜不出箱里装的东西，他就是世界上最愚蠢的国王，我就要派军去打朝鲜。"

多么无礼的要求！这只是为发动战争而找的借口。

　　大臣们谁都不知道箱子里装的是什么，也没有人敢问，所以天皇不怕会有人泄密。

　　过了一会儿，天皇又说："我要写一个谜语放在箱盖上，让朝鲜国王把谜底写在下面。这谜底就是箱子里的东西。"

　　天皇开始大笔挥写：

　　外面白色且透明，

　　中间圆球如黄金。

　　天皇赠予朝鲜王，

　　请问箱中物何名？

这是骄横无知的天皇自取其辱的开始。

　　天皇写完，自己又欣赏了一下，满意地笑了。随后命令大臣们出使朝鲜，又命令军队做好战争准备，并赶造船只。他认为朝鲜国王肯定猜不出箱中的东西，他也想乘机征服朝鲜，扩大日本领土。

自高自大的日本天皇目的是发动战争，侵略别国。

　　大臣按照天皇的命令，出使朝鲜去了，把那只琥珀箱子当面交给了朝鲜国王，并表明日本天皇的意思。

　　这事看似简单，其实是一场战争的导火线，朝鲜国王意识到问题的严重性。当时的日本已经非常强大了，朝鲜根本打不过日本。

分析了当时的形势，朝鲜势单力薄，无法对抗强大的日本。

朝鲜国王立即召集了所有的大臣和学者们，让他们想办法猜谜语："这箱子上有条谜语，是日本天皇亲自拟定并派人送来的。如果有人能猜中这条谜语，猜出箱子里究竟装的是什么东西，此人就是国家的功臣，百姓们的恩人。因为这不仅能保住国家和国王的名誉，也可以使我们免遭战乱。"

朝鲜的大臣和学者们日思夜想，也猜不透箱子里到底是什么。他们一遍一遍地读着日本天皇写的谜语，就是悟不出其中的奥秘。他们竟然还用放大镜仔细地观察这只箱子，也找不到任何线索；有的人用鼻子去闻，用舌头去舔，也找不到任何线索。时间过得真快呀，还有一个月就要立秋了，大臣和学者们急得团团转，整日坐立不安。

那个七岁的孩子崔劲光，此时恰好来汉城找工作。他一连找了几天也没找到，人们不是嫌他年龄太小，就是嫌他个子矮。他只好走街串巷，大声叫卖："磨铜镜啊，磨铜镜！磨出的铜镜亮晶晶。"

宰相的女儿听见了他的喊声，就派人把她的大铜镜拿下去磨。崔劲光见有生意了，可高兴了。可他高兴过头，用劲太大，竟然把铜镜给磨破了。这事恰巧被宰相看见了，气不打一处来："你这个小崽子，这面镜子值一千两银子呢，你赔钱来！"

"老爷！"崔劲光不慌不忙地说："我如果有一千两银子就不会出来为别人磨镜子了。"

宰相发火了说："既然你没钱赔偿，就得留下给我做奴隶。你就叫镜奴吧。"

崔劲光想了一下，就这样吧。其实他不答应也没办法，宰相根本就不会放他走。

镜奴做事勤快，又机灵，没过多久，宰相就开始喜欢他了，把他当作最贴身的仆人。

有一次，镜奴侍候宰相吃晚饭，听见宰相对夫人说："再过十天就立秋了，如果国王还是猜不中日本箱子的秘密，我们国家的危险可就大了。早些做准备吧，唉！"

镜奴听见了就对宰相说："世界上没有猜不出的东西。您把我带进宫，我看看那个箱子，也许我能猜出来。"

众人的一筹莫展、束手无策，和下文神童机智灵敏的回答形成鲜明的对比，更加突出了崔劲光的聪明。

巧合法的运用，无巧不成书。

宰相蛮不讲理地把崔劲光强留下来做了奴隶，还给他改了名字。

勤快又机灵的人总是会受到别人的喜爱。

宰相不信任地看看他，说："你这个奴才，不仅我猜不出，就连众多的大臣和学者们也猜不出来。你这个小孩敢说大话，真是胆大妄为⑥！"

镜奴听到宰相的责骂，根本不以为然⑦。

正在这时，国王派人来传话："国王认为，宰相是全国最聪明，也最机敏的大臣，在国家处于困难之际，应该承担重任。猜日本箱子里有何秘密的事，就全靠宰相负责。再过八天还猜不出，说明你不够资格做宰相，就要被割去鼻子和耳朵。"

国王派来的人说完话，放下箱子，自己回宫了。

宰相着急得不行了，哪里还顾得上责骂镜奴，急得在房子里转来转去。他知道，他也猜不出箱子的秘密。但是，如果被割去了鼻子和耳朵，这辈子该怎么见人呀。

镜奴看着宰相痛苦的样子，心里也着急，他也明白，这是一件关系到国家存亡的大事情。于是，镜奴说："主人，请别着急，世界上没有猜不出的秘密。"

宰相听他坚持这么说，就随便想让他试一试，于是说："如果你能猜出这箱子里所藏的东西，我将永远感谢你，并奖给你一栋大房子和一万两银子。"

"如果我能猜中，我什么都不要，只希望你能释放我和你所有的奴隶，让他们成为自由人。"镜奴说。

"我答应，只要你能猜得出，我会把他们全放掉的。"宰相赶紧答应下来。

于是，宰相把镜奴带到箱子跟前，让他看箱盖上写的谜语。

镜奴看了两遍，又仔细思考了一下，然后很肯定地对宰相说："现在时间还来得及，请把这箱子放在灶台上，放六天。六天之后，我就告诉你箱子里到底是什么。"

宰相有些不太相信，但也没有其他办法可想，只好照办，把箱子放在灶台上不冷也不太烫的地方。

宰相觉得时间过得真慢，真是度日如年（过一天像过一年那么长，形容日子很不好过）；时间过得好像也挺快，八天很快就过去了，如果猜不出，宰相的鼻子和耳朵都会被割

聪明的镜奴非常自信。

形势所逼，国王也变得蛮不讲理。

镜奴多么善良啊，他不要金银，只求放掉和他一样身份的奴隶。

好奇怪的方式，好自信的镜奴。

掉了。

六天过去了，镜奴走到箱子旁边，把耳朵贴在上面听了听，拿起一支毛笔，蘸（zhàn）了墨汁，在日本天皇所写的谜语下面写道：

朝鲜儿童都知道，

箱中之物能报晓。

"我猜出谜底了，现在可以把箱子还给日本天皇了。"镜奴十分有信心，自己肯定猜对了。

"可是箱子里究竟是什么呢？"宰相还是不明白，"我看了你写的谜底，我还不知道是什么东西。"

"你真不明白吗？我不能再做进一步的说明了。"镜奴说。

"你个臭奴才竟然敢骗我！你就在我的监狱里待几天，我要是被割了鼻子，你休想活着出去。"宰相十分恼怒，命令仆人把镜奴关押起来，以防止他逃走。

八天很快过完了，宰相把箱子送到了国王面前，心里可害怕了。国王看了镜奴写的谜底，十分生气："这哪里是谜底，等于又回了一条谜语嘛！你竟敢不执行我的命令，太狂妄了，来人哪，把这个蠢货的鼻子和耳朵全都割去！"

宰相跪下来向国王求情，说等证明这样写谜底确定不行再割他的鼻子和耳朵也不迟，并说这谜底不是他写的，是他的一个奴隶写的。

国王更生气，但生气没有用，还是想办法解决问题吧！

满朝大臣都为这件事大伤脑筋，但怎么也想不出个完美的办法来。时间过得真快呀，只剩下两天就要立秋了，国王说："把宰相先押起来，叫那个奴隶去给日本天皇送箱子，让他当面解释给日本天皇听。至于我们，要做好应战的准备。"他们安排了一条大船，让镜奴穿上使者的服装坐在船上，还派人监督他。一路上，镜奴像往常一样一点都不怕，但其他人却紧张得要命。等到了日本天皇的王宫，镜奴亲自将琥珀箱子送到了天皇的面前。天皇检查箱子的封条和自己的印鉴，和送去的时候一模一样。但一看见箱盖上的谜底，就生了气。他紧紧握着自己的宝剑，生气地说："这箱盖上哪里有谜底？为什么你们的宰相不来见我，而叫你这个愚蠢的小孩子来？"

用两句话来暗示谜底，多么聪明的镜奴啊！

宰相的愚蠢更反衬了镜奴的聪明。

这句话显示了国王的愚昧无知。

光生气，干着急，更加说明国王的愚蠢，衬托小镜奴的聪明。

天皇的宝剑指向镜奴的咽喉，看起来凶恶极了。镜奴平静地指着谜底说："这就是你要的谜底，也正是箱子里面的东西。"

镜奴处变不惊，真是令人佩服！

天皇冷笑着说："朝鲜看来没什么人才，知道你们也猜不出我的谜语。告诉你吧，箱子里根本没有放什么活的东西。我要向全世界宣布：朝鲜的国王最愚蠢了。"

日本天皇说完话，又做了一个砍头的手势，立刻就有卫兵上来，要把镜奴捆绑起来。

镜奴一点也不害怕，反而笑着说："天皇的谜语出得很聪明，但简单得连我这个小孩子也能很容易地猜出来。"

"胡说！"天皇叫道："箱子里根本没有放活的东西。"

"那你就打开看看吧，如果是我错了，任你宰割。"镜奴依然笑着说。

"好吧！"日本天皇受了镜奴的感染，也不生气了，"两分钟以后你就要死了。让我告诉你，这箱子里放的是一个再普通不过的鸡蛋。"

文章极力渲染国王的迂腐，来反衬神童。

天皇本来以为镜奴听了谜底会惊慌地哭起来，没想到镜奴的脸上又露出了神秘的微笑。"那您就打开箱子验证吧！"镜奴说。

设置悬念，镜奴为什么仍然确定自己是对的？

天皇让手下打开箱子。仆人立即走上前，把箱子上的封条撕去，打开了箱子，一只毛茸茸的小公鸡，立刻飞了出来。

小公鸡在大殿里连飞带跑，还用稚嫩的嗓音"喔喔喔"地叫着。天皇惊呆了，根本没搞明白是怎么回事。心里想：一个普通的农家孩子都这么聪明，朝鲜人不可小看呀！

智慧的孩子，你维护了民族的尊严，救了整个国家的人民。

自此以后，日本天皇从看不起朝鲜人，转变成警惕（tì，对可能发生的危险等保持警觉）朝鲜人，害怕朝鲜富强起来，会威胁到日本的安全。

镜奴圆满完成任务回到朝鲜后，受到了全国人民的赞扬。汉城的人夹道欢迎他，就连国王和宰相，也亲自出城迎接他。

说文解字

①博士（bó shì）：古时指精于某种技艺的人。

②漂泊（piāo bó）：浮在水面上顺着水流移动。

③疲惫不堪（pí bèi bù kān）：非常的疲乏，一点力气也没有了。

④附和（fù hè）：人家怎么说，也跟着怎么说。

⑤惊恐万状（jīng kǒng wàn zhuàng）：非常的惊慌恐惧。

⑥胆大妄为（dǎn dà wàng wéi）：毫无顾忌的胡作非为。

⑦不以为然（bù yǐ wéi rán）：不认为是对的，表示不同意，多指轻视之意。

故事启迪

　　既然被称为神童就一定有他自己的独到之处，他凭着自己的机智，识破了傲慢愚蠢的日本天皇的诡计，避免了一场战争的爆发，救了整个朝鲜的人民。日本天皇也从看不起朝鲜人转变成警惕朝鲜人了。崔劲光赢得了民族的尊严。就因为他在困难面前不退缩，不害怕，始终认为世上没有猜不出的谜语，没有解决不了的问题，只要积极动脑筋去想，办法总比困难多。在生活中如果你遇到了难题也积极努力地去解决，那么你也会是一个令人佩服的小神童哦。

奇思妙想

1. 你佩服这位朝鲜的小神童吗？

2. 生活中你能独自解决遇到的难题吗？

■ 导　读

　　埃皮迈索斯和潘多拉是住在一起的亲密的伙伴。埃皮迈索斯有一只美丽的匣子，谁也不知道匣子里到底装了什么东西。充满好奇的潘多拉极力地说服朋友打开它，可是埃皮迈索斯没有同意，潘多拉会偷偷打开那个匣子吗？

匣子的秘密

　　在欧洲一个很遥远的地方，有一座美丽的城市，住着一个小男孩，他叫埃皮迈索斯。埃皮迈索斯是一个孤儿。为了不让他太寂寞，一个和他一样也是孤儿的小女孩，从很远的地方来和他一块住，他俩成了亲密的伙伴。这个小女孩名叫潘多拉。

　　当潘多拉第一次走进埃皮迈索斯的小房子时，首先看到的东西是一只匣子。她于是问道："埃皮迈索斯，匣子里有什么东西吗？"

　　"这是个秘密。"埃皮迈索斯回答说，"关于这只大匣子的问题你以后别再问了，它放在这儿，是为了保险，我也不知道里面是什么。"

　　"谁送给你的呀？"潘多拉问，"它是从哪儿来的呢？"

　　"这也不能告诉你。"埃皮迈索斯说。

　　"真讨厌，为什么我就不能知道！"潘多拉嚷着，噘起了小嘴，"这讨厌的匣子为什么非放在这儿不可！"

　　"管那么多干嘛，咱们出去玩玩去。"埃皮迈索斯赶紧把她拉走了。

　　他们俩出去玩了一会儿，潘多拉很快就忘了匣子的事。可一回到屋里，她不知怎么回事又想起这件事了。

　　"这匣子是谁的呢？"她不住地问自己，又问埃皮迈索斯，"到底装些什么呀！"

　　"我给你说过多少回了，我不知道里面装的是什么。"埃

交待了故事发生的时间、地点、人物。

潘多拉的好奇心相当强，为下文匣子的打开埋下伏笔。

这就是人的好奇心，越不让知道的事情就越想知道。

皮迈索斯说。

"咱们把它打开。"潘多拉坚持说，"我们就可以亲眼见到它里面装的是什么啦。"

"潘多拉，别胡思乱想啦！"埃皮迈索斯喊道，他对潘多拉的这个想法感到吃惊极了。

"那你说，这匣子谁给你的。"

"你真会胡搅蛮缠^①，就在你来之前，有一个披着奇怪的斗篷的人，把这匣子放在门口。这个人还戴着一顶奇怪的帽子。帽子上有一块东西是用羽毛做的，帽子好像长了翅膀似的。"

"噢，你说的就是他呀。"潘多拉说，"他是奎克斯立瓦，我们俩一起来的，一定是他想把匣子送给我。我想匣子里装的是给我准备的漂亮衣服，也可能是给咱们准备的玩具，或者是好吃的食物。"

"但愿如此吧。"埃皮迈索斯说，"可是他人还没有回来，只有在奎克斯立瓦回来后，我们才能打开它，咱们还是不要打开了吧。"说完，他就去外面玩了。

"你真是大傻瓜。"潘多拉咕哝着。

潘多拉盯着这只匣子一直不动。它是用一种非常漂亮的深色木头做的，潘多拉可以从匣子表面的亮光中看见自己的

埃皮迈索斯极力地控制自己的好奇心。他是否能坚持到最后呢？此处设置了悬念。

介绍了匣子神秘的来历。

潘多拉为了想打开匣子，极力地说服她的朋友。

· 76 ·

脸庞。

潘多拉漂亮的脸，映在匣子盖的中央，潘多拉经常看到匣子映照的自己的脸，她也看了潘多拉很多次，她偶尔还冲潘多拉微笑，潘多拉看了一会儿，有些害怕。

这只匣子与别的匣子不一样，没有锁和钥匙，一根金锁链挂在上面捆住了它。

潘多拉自言自语道："我能解开这根链子，还能再捆上它，这样做也没有什么关系，我不打开匣子就行了，就是锁链开了，我也不打开它。"

她正在发呆乱想的时候，不小心轻轻碰了一下锁链的扣，这个金锁链就自动解开了，真像变戏法似的，匣子上那个拴的东西不见了。

潘多拉想，天哪，如果埃皮迈索斯看见匣子上的扣儿开了，她该说什么呢？他会怪我的，我怎么才能使他相信，我根本没有看过匣子里面的东西呢？

忽然她又想，既然埃皮迈索斯会认为我看了里面的东西，我为什么不偷偷地看看呢？

匣子盖上的脸朝她微笑，好像在说："打开吧，没关系！"潘多拉好像听见匣子里有很小的声音也在说：

"我们想出去，好潘多拉，求求你了，放我们出去吧！我们会成为你的朋友！"

真是好奇怪呀，这是怎么回事？匣子里有活的东西吗？我就看一眼，然后像以前那样牢牢地拴住匣子盖，看一眼要不了命的吧。

埃皮迈索斯一直在跟别的孩子玩，他忽然想回去找潘多拉。回去的路上停了一会儿，采了些花——玫瑰、百合和黄色的杏花——他用这些花编了一个大花环，想把它送给潘多拉。埃皮迈索斯走到家门口，蹑手蹑脚（形容放轻脚步走的样子）地进去了，想吓潘多拉一跳，但是此时潘多拉已经把手放在匣子盖上，刚想打开匣子。如果埃皮迈索斯大喊一声，她也许不会打开，可是埃皮迈索斯没有大声说，因为他和潘多拉一样对匣子里到底装了些什么感到很好奇。如果里面有好东西，他也可以拿走一半，他这样做真是同潘多拉一

在欲望面前往往充满了很多诱惑。

对潘多拉渴望打开匣子的心理描写十分细致、十分成功。

在危险到来之前，潘多拉心存侥幸。

每个人都有好奇心，好奇心有时会诱使人犯错误。

样地傻，他们要受一样严厉的惩罚了。

忽然门外雷声大作，可潘多拉根本没听见。她掀开盖看了一眼匣子里的东西。突然，她看到好像是一群带翅膀的虫子从匣子里飞了出来：虫子从他们身边飞过，这时，埃皮迈索斯很痛苦地大喊着：

"哎哟，疼死我了！可恶的潘多拉，你打开匣子干什么？"

潘多拉慌忙放下匣子盖，想过去看看埃皮迈索斯出什么事了。这时，她听到一种"嗡嗡"的声音，声音震得人耳朵发疼，好像有很多很多的苍蝇蚊子在飞来飞去。一会儿，她看清了这些可恶的小东西，这些小东西的翅膀像蝙蝠，尾巴上长着一条长长的刺，这刺蜇得埃皮迈索斯嗷嗷直叫。过了一会儿，潘多拉也疼得大叫起来了，一只飞虫落在潘多拉的前额上，要不是埃皮迈索斯及时跑过来把它哄走，这个小东西肯定会狠狠地蜇潘多拉一下。

细节描写，写出了这些坏东西的外形与坏处。

孩子们根本不会想到这些东西是整个人类的祸害。这些东西包含了一些坏的事情，有坏脾气、担心和一百五十个哀愁，还有许多疾病。它们的罪恶远远大于它们的益处。所有的忧愁和担心，都在这只神秘的匣子里，自从埃皮迈索斯和潘多拉保存这个匣子以来，世界上许许多多幸福的孩子们没有遭受过伤害。从他俩看守匣子到现在，世界上的大人们不再为一些事感到伤心，孩子们没流过一滴伤心的眼泪。

这个匣子里竟然装的是所有的不幸，谜底终于揭开了，可代价是惨重的。

可是现在，烦恼飞出了窗外，飞到了世界各地，人们感受到了各种各样的哀愁。这时突然，她听到匣子里好像有声音。

"什么东西？"潘多拉猛地抬起头来。

"你是谁？"潘多拉问。

一个细细的声音悄悄地说："你打开盖，就知道了。"

"我不想再看了。"潘多拉说，"我已经开过一次匣子了，里面那些可恶的小虫子在世界上到处害人。"

匣子里面还有什么呢？设置悬念。

"噢！"那声音又说，"它们不是我的兄弟姐妹。打开盖儿吧，我保证和它们不一样，你会欢迎我的。"

这声音美丽动听，潘多拉和埃皮迈索斯不约而同②地把盖子打开了，里面飞出一只小虫子，它很快活，微笑着，长得很漂亮。它飞到埃皮迈索斯那儿，在刚才被烦恼蜇（zhē）过的

多么神奇的小虫子啊，可以修复人们的痛苦。

地方，轻轻一碰，埃皮迈索斯立刻就不疼了。然后，这个快活的小虫子吻了潘多拉的前额，她的疼痛也立刻消失了。

"漂亮的飞虫，你是谁呀？"潘多拉眨着眼睛好奇地问这个小虫子。

"我叫'希望'！"这个小虫子被阳光照耀着。"当世界上的家庭摆脱了烦恼，我就被装进了这个匣子，来安慰③人们。"

"你和我们会一直在一起吗？"埃皮迈索斯有些心急。

"你们这一生，我都会和你们在一起。"希望说，"我保证不会离开你们。你们并不会一直都看到我，以为我不在了，可也许在做梦时，你们会发现我在你家的房顶上，我的翅膀在发光。"

自此以后，烦恼虽然在世界上到处乱飞，给人们带来痛苦，可是希望这个带着彩虹般翅膀一直飞翔着的小东西，总会给人们医好烦恼，带来舒适和美好的感觉。

> 上帝是公平的，他给人类带来了许多烦恼和忧伤，同时又送来排解烦恼和忧伤的希望。
>
> 希望是永不沉眠的梦，它无处不在，带给人们生活的勇气。

说文解字

①胡搅蛮缠（hú jiǎo mán chán）：不讲道理，胡乱纠缠。

②不约而同（bù yuē ér tóng）：没有经过事先商量或约定而彼此的看法相同。

③安慰（ān wèi）：使人心情安静舒适。

故事启迪

强烈的好奇心驱使着潘多拉，她无法抗拒匣子里的诱惑，打开了神秘的匣子，飞出的却是无尽的烦恼和灾难，潘多拉后悔了，不过她也把能医好烦恼和痛苦的希望放了出来。希望总是能给人类带来舒适和美好的感觉。让我们每天都心怀希望，用信心和力量来战胜一切困难、烦恼和痛苦。

奇思妙想

1. 好奇心有时会帮人，有时也会害人，你是怎么认为的？

2. 当你不顺心的时候，该怎么做？

☕ 导 读

　　"真心的话和开心的泪，在你我的心底流动。"多么熟悉的旋律啊。可是，有两兄弟为了争论真话和假话哪个更受欢迎而大吵了一架，谁也说服不了谁。于是，他们便打赌说，去询问路上的三个人，谁的看法能得到多数人的肯定，谁就可以赢得对方的财产。小朋友一定很想知道是谁赢了吧？

真话的威力

　　哥哥和弟弟大吵了一架。弟弟说："虽然，我们现在过的日子很苦，但是还要说真话，这样就能生活得越来越好。"哥哥说："现在哪里还有什么真话呢？世界上到处充满了假话，只有说假话才能生活得更好。"

　　于是，兄弟俩争论得面红耳赤①，谁也说服不了谁，他们就打赌说：去询问在路上最先遇上的三个人，他们认为谁的话有道理，谁就可以赢得对方的财产。

　　兄弟俩就上路找人询问了。首先遇到了一个打短工的，他们问他到底是真话好，就假话好。

　　打短工的人说："唉，如今哪有人还会讲真话？你看，我辛辛苦苦地做了许多工作，但是也没有挣到什么钱。而且主人还要扣下一部分。靠说真话就生活不下去呀。"

　　第一个回合弟弟输了，他很伤心。一个商人迎面走来。商人说："唉，不说假话怎么赚钱呀。如果要卖东西，就得说上一百次谎，骗一百次人。不然，就没人买你的东西。"

　　第二次弟弟又输了，他更加伤心。他们接着赶路，看见一位老先生。老先生自己也说不清楚，虽然他不赞成说假话，但不说假话又不能生活。于是弟弟又输了。哥哥赢得了弟弟的财产。

　　第二年又遇上了灾害，弟弟为了一家人糊口②，向哥哥借

弟兄俩对说真话和说假话有着截然不同的看法，引出下文的故事。

说真话让人无法生活，假话就可以了吗？设置悬念。

真是无商不奸啊。商人靠说谎才能卖东西，也说明人们都喜欢听好听的话。

狠心的哥哥！喜欢说假话的人一般都心肠歹毒。

粮食。但是哥哥不仅不借给弟弟粮食，还弄瞎了弟弟的两只眼。弟弟只好去讨饭。

有一次，在回家的路上弟弟走丢了，一不小心，进入一片树林。为了躲避野兽的伤害，他爬上了一棵树。

夜半时分，一群妖怪来到这棵树下。领头的妖怪和手下的小妖都做过坏事。一个小妖说："我挑唆（suō，挑拨教唆别人去干坏事）兄弟俩去争斗粮食，哥哥弄瞎了弟弟的眼睛。"第二个小妖说："我把村子里的水弄干了，村里人要走几十里才能喝到水。没有水，村里就会死很多人。"第三个小妖说："我把公主的眼睛弄瞎了，多高明的医生都治不了。"

大妖怪说："你们的方法都行不通！想想看，如果那个弟弟和那个公主用这棵树上的露水洗了眼睛，他们就能看见了；如果村里人找到那块青石，搬开它，就会有水从石缝里流出来。"

巧合法，弟弟无意中听到了解决难题的办法，暗示弟弟的命运即将改变。

但是小妖们都不服气，他们说："除非有人听到我们的谈话了？否则谁也不会那样去做的。"

弟弟记下了这些人的话。天亮了，妖怪走了。弟弟用树上的露水洗了眼睛，真的重见光明了。他回到村里召集村民，搬开了妖怪们说的青石，找到了泉眼，村里有水了。接着又见到了国王，用露水治好了公主的眼睛。村民和国王对他十分感谢，送给他许多值钱的东西。他用马车把财产拉回家里。

说真心话的弟弟得到了丰厚的回报。

哥哥看见这些财产可嫉妒了，问弟弟这是怎么回事。弟弟一向是说真话的，告诉了哥哥事情的真相。哥哥爱财如命，也想偷听妖怪的话，他也想有更多的钱。没想到，妖怪们在找泄露他们秘密的人，发现了他后，把他剁得粉碎。

说真话的弟弟得到了好报，贪婪残忍的哥哥受到了惩罚。

说文解字

①面红耳赤（miàn hóng ěr chì）：形容因急躁、害羞等脸上发红的样子。

②糊口（hú kǒu）：勉强吃饱饭。

故事启迪

　　因为大家都不承认说真话好，喜欢说真话的弟弟输了自己所有的财产，赢了的哥哥却残忍地弄瞎了弟弟的双眼。又因巧合，弟弟偷听到了妖怪们的谈话，得以重见光明，还意外地得到了许多财富。而不诚实又残忍贪心的哥哥却不被妖怪们剁得粉碎。其实，在我们的生活中，真话更受人们的欢迎和喜爱，我们小朋友一定要养成说实话的好习惯哦！

奇思妙想

　　1. 你认为是谁赢得了最后的胜利？为什么？

　　2. 生活中，你喜欢人们说真话吗？

☕ **导　读**

　　在贫穷的大山深处，几十户人家过着贫穷、悲惨的生活。村里的老头在上山的路上，拣到了许多苹果，老人高兴极了。可当他打完柴后想要回家时，天黑了，他迷路了。怎么办呢？老人晚上到哪里住呢？又会发生什么事情呢？

金银槌

　　日本的一个大山深处，有个小乡村，村里住着几十户人家，他们生活悲惨、贫穷。一天，村子里有个老头上山去打柴。走着走着，头顶上突然落下来一只苹果。他捡起了这个苹果，又在破衣服上擦了擦，自言自语①地说："这只苹果拿回去给我妈吃吧。"

　　正说着呢，又有一个苹果落地了，他又拾了起来，说："这只就给弟弟家吧。"掉下第三只苹果时，他说要给老婆吃；掉下第四只苹果时，他说可以给儿子吃；直到拾起了第五只苹果，他才说可以留给自己充充饥。他走到了一个悬崖下面，崖缝里长着一棵苹果树，风一吹，青色的果实便落了下来，他接住了落地的苹果。

　　老头很小心地把苹果放入布袋，就去捡柴了，等柴差不多拾够了，天也快黑了。老汉背上柴回家了，走了一会儿，他就迷路了。山路不好走，晚上又没人在山里，老人只能在深山老林里过夜了。

　　这时虽然是夏天，但深山里的夜晚还是很冷的。老汉东张西望，想找个地方暖和一下，路边不远处有一座破庙，他就进去了。只见庙前的庭院里有几间破房子。这个老人很累，一躺下就睡着了。半夜里，庙门前的一块平地上有声音在争吵，他睁开眼，爬起来一看，是十几个小人儿在闹。小人儿只有一尺来高，蹦蹦跳跳，嘴里还喊着："金来呀，银来呀！"

　　善良的老人，先想到的是他人，最后才想到自己。

　　迷路的老人会遇到什么事情呢？设置悬念。

　　这些奇怪的小人儿在干什么呢？又是一个悬念。

老汉心里有些害怕，他想小人儿可能是妖怪。他害怕得睡不着，只能悄无声息地看着。

小人儿闹得可欢了，根本不知道里面还有个穷老汉。小人闹了好久，才稍稍安静了一点。小人儿不闹了，老汉也松懈（xiè，不紧张，松弛，不集中）了下来，但又睡不着觉，十分地无聊。他觉得有些饿，实在忍不住了，就拿出一只青苹果。正想吃的时候，屋顶的房梁断了，把那些小人儿吓坏了。

真是巧啊！老人会有什么奇遇呢？又一悬念。

"不好了，这破房子要塌了！"一个小人儿大喊起来，吓得不得了，其他小人儿"嗖、嗖"几下，逃得没影了。

直到没有了声音，老汉才小心地下了高台子，掀开帘子走了出去。庭院里静悄悄的，一把小金槌和一根小银槌闪闪发光躺在地上。

幸运儿降临了。

老汉拾起这两把小槌，仔细看了看，都是很好的金子和银子，他很高兴有意外的收获，就把它们放进柴篓里，说："我拾柴禾的穷老汉也时来运转②了。"

月亮钻出了云层。于是，他就借着月色，连夜赶回家去了。

善有善报。

老汉回家以后把金槌、银槌拿到集市上卖了，换成了现钱，不仅盖了房子，还买了地，由穷汉变成了富人。

村子里的人都很羡慕③他，也知道他是因为得到小人儿的金槌和银槌，才突然变得有钱的。

老汉的隔壁邻居是个又自私又贪婪的人，见穷老汉发了意外之财，也眼红了，想发财。

一天，这贪心汉嘴里叼着烟袋，倒背着手，不紧不慢地上山去了。走到那个悬崖下面，就坐了下来，等着崖缝里的苹果树掉果子。等了好大一会儿，掉下来一只苹果，他拾了起来，看了看说："这一只我吃。"说完就塞进嘴里，美美地吃起来。等第二只苹果掉下时，他说："这一只给儿子解馋吧。"掉下第三只苹果时，他说："这一只给老婆吃吧。"掉下第四只苹果时，他说："这一只给弟弟家吧。"直到拾起了第五只苹果，他才想起没有苹果吃的妈妈。他的想法和那位穷汉的想法完全不一样。

> 贪心汉先想到自己，最后想到的是妈妈，与老汉的先人后己形成鲜明对比。

他既不打柴，也不拾蘑菇，一直坐在苹果树下歇着。等到天快黑了，这才懒洋洋地站起来，向那座破庙走去。找到了破庙，爬到了高台子上，他也躺了下来，他一天都没干活，所以根本不困。他眼盯着房梁，专等小人儿来。

> 贪婪的人只想着不劳而获。

到了半夜，他都等急了，那些小妖精们才终于出来。他们吵闹得很厉害，把贪心汉的脑子都快吵炸了。闹了两个多小时，小人儿终于安静了。

贪心汉实在不想等了，就想把这些小人儿吓走。他拿一只苹果一口气塞进了嘴里，用力地嚼着，但这个苹果熟透了，果皮也软了，他努力想发出声音来，但那声音太微弱了。

> 小人儿会被他吓走吗？设置悬念。

他又接着咬第二只苹果，直到咬第三只，都没有"哗——"的声音发出来，那些小人儿根本没在意这个人的存在。

苹果全都咬完了，但那些小人儿还在闹个不停，贪心汉忍无可忍④，大声说："我只有一只苹果了，我会咬出很大的声响来。"

> 越是贪婪的人，越急功近利，没有耐性。

他使劲咬了一口，又嚼了几下，仍然咬不出声音来，他等得不耐烦了，就把剩下的苹果扔了过去，刚巧打中了一个小人儿的头。"哎哟！"小人儿大叫一声，"屋子里有陌生人，快去看看呀！"

十几个小人儿蜂拥进屋，还七嘴八舌地嚷着："一定是那个偷走金槌和银槌的坏家伙，抓住他！"

> 贪心汉的下场和老汉得到的结果形成了鲜明的对比。

贪心汉吓坏了，无处藏身，一下子就被围在了地中央。

小人儿们用金槌、银槌拼命地砸他的头、脸和身体的其他部位，还撕他的头发、耳朵，把他打得躺倒在地，都不能动弹了。天亮了，小人儿们才骂骂咧咧地走了。贪心汉死里逃生⑤，浑身疼痛，一步一步地挪回了家。从此，再也没有人敢打小人儿的主意了。

自私又懒惰的人想得到幸运的垂青是不可能的。

说文解字

①自言自语（zì yán zì yǔ）：自己跟自己说话。

②时来运转（shí lái yùn zhuǎn）：时机来临，命运开始好转。指由逆境变为顺境。

③羡慕（xiàn mù）：看见别人有某种长处、好处而希望自己也有。

④忍无可忍（rěn wú kě rěn）：要忍受也没有办法忍受。

⑤死里逃生（sǐ lǐ táo shēng）：从死神手里又捡回一条命来。

故事启迪

虽然生活贫苦但勤劳善良的老头运气好极了，他无意中拣到了小人儿们的金银槌，从此由穷汉变成了富人。幸运总喜欢垂青勤劳善良的人，不会垂青自私又贪心的人，所以贪心汉不但没有得到金银槌，反而被狠狠地教训了一顿。真是善有善报，恶有恶报。做一个善良诚实的人吧！用你善良的心去对待美好的世界，你一定能得到你想拥有的一切。

奇思妙想

1. 想象一下，老人变成富人以后的生活是什么样子的。

2. 你准备好接受幸运的垂青了吗？

导　读

我们常听说月光女神，长得美丽动人。然而，有个叫伏丽西的仙女也是美丽得招妖嫉妒，幸亏她有一把月光女神赐予的月光宝剑，于是一场与女妖莫兹佳的仙妖大战开始了。究竟是女妖莫兹佳的龙骨剑厉害，还是伏丽西的月光宝剑厉害呢？

月光宝剑

森林里的居民给伏丽西建造了一座宫殿，伏丽西是位仙女，鸟儿轮流展开翅膀成为宫殿的屋顶，绿树是宫殿的圆柱，藤萝交织在一起构成宫殿的墙壁，蚕儿吐的丝织成了窗帘。千万只小虫组成壁毯的图案。宫殿里的鲜花排列成了座钟，当需要报时的时候，各种花瓣轮流一开一合。在宫殿的四个角落有热泉、冰泉、使人僵化的定泉、会说话的话泉。

> 细节描写，细致地描写了宫殿的美丽，这样美丽神奇的宫殿，只有伏丽西这样的仙女才能与之般配。

女妖莫兹佳住在漏水的巢穴里。她十分嫉妒伏丽西。有一天，她把自己的姐妹们和属于蛇类、蝙蝠类的亲戚们召集起来。她们想要训练成军队，让训练有素的魔鬼驮着这些士兵。于是，在莫兹佳的带领下，队伍出发了。

> 女妖的嫉妒引出下文的仙妖之战。

莫兹佳头戴军帽，帽沿盖住了她脸上的皱纹和凶恶丑陋的表情。一颗勋章在她干瘪①的胸前发着红光，两枚金质的肩章闪闪发亮地挂在她的骷髅肩膀上。她带领队伍直奔伏丽西的宫殿而去。

仙女看见大兵逾进，连忙穿上铠甲，戴上金盔，金盔下面露出她柔美光亮的鬈发。鸟儿们率先飞出去迎战魔马，啄瞎了魔马的眼睛。鹿儿用角刺穿了敌人的肚子。藤萝缠绕在一起就像套马索一样缠住正在奔跑的女妖的脖子。这时，受了伤的莫兹佳狠命夹住她骑的马，用一只手按着流血的腰部，用另一只手扔出一股地狱的火焰。于是，轰隆一声爆炸了，伏丽西在浓烟里消失了。女妖们发出胜利的怪叫，在冒

> 仙女和女妖的装束形成了鲜明的对比。

> 邪恶的女妖们取得了暂时的胜利，她们毁灭了美好的东西。

烟的废墟上狂乱跳跃。莫兹佳急忙跑到宫殿四角的泉边，改变了冰泉的流向，在热泉里下了毒，把被杀死的魔鬼的尸体扔进定泉，然后，她抓起一把青苔堵着自己的耳朵，还封上了活泉的嘴。

过一会儿，她用一个散布死亡的军号下达了集合的命令，随后，带着队伍撤退了。

伏丽西当时昏倒在废墟里，并没有死。她慢慢地苏醒过来，从砖块里挣扎着走出来。她身上的铠甲已经破了，她只身离开了森林。她吃力地走着，走着，最后来到了海边。她精疲力尽，一下倒在沙滩上，紧靠着海浪，她的双腿浸泡在浪花里。不一会儿，鱼儿们都围了过来。螃蟹围着她，蚌儿们张开美丽的贝壳，海藻裹着她的脚跟，海鸟飞来停在她的双肩和膝头上。她给海上的朋友们讲了自己所受的灾难。一条海鳗安慰她说："别难过，伏丽西！我们会给你建造一艘舰艇，比你过去的宫殿还要美丽。"

> 美丽善良的人在任何时候都会得到帮助和拥戴。

大家都同意海鳗的建议。于是，海鸟展开翅膀充当船帆，蚌壳们紧紧挤在一起构成她的吊床，一些带鳞的鱼儿成了灯塔。伏丽西上船了，舰艇立即开向深海。

伏丽西突然看见远处来了一只绿色的帆船，小船推着浪花，飞也似的冲向她。船头是一条张着血盆大口的龙。莫兹佳立在船桅前面。在龙船后面，是女妖的舰队。莫兹佳用干瘪的嘴唇吹着哨子，船队顷刻间排成了战阵。海风吹到莫兹佳甲壳般的胸脯上，她的海军服被吹得鼓了起来，浪花打到她发灰的头发上。她跑到船头，向伏丽西扔铁锚，铁锚根本未触及伏丽西身上，大海一张口就把莫兹佳"海军上将"和她的水兵们吞掉了。

> 战争仍要继续，邪恶的女妖是不会放过伏丽西的。

可是，女妖又浮上了水面。她奋力一跳，坐在铅质的鞍辔上，挽着几条毒蛇做的缰绳，驾驶着龙骑，指挥龙骑直奔伏丽西的舰艇而来。魔龙服从她的命令低下了头，这才瞧见仙女在另外一艘船上掌着舵。这只船上升着一股仙气。

> 动词的使用，生动形象地描写出了女妖的动作。

"冲下去，魔龙，冲到这只敌船上，试试你的力气！"莫兹佳大吼道，"击沉木船！冲啊！朝她冲过去！"

可是，魔龙看见伏丽西以后，被她的美貌感动了。它竖起后腿，愤怒地反抗女妖，它掉转龙头，女妖被扔进海里。莫兹

> 美丽的仙女散发出无可抵挡的魅力。

佳紧紧抓住骨质的马刺，尽管手都撕破了，仍旧紧贴着魔龙起伏不平的背脊，魔龙却不认主人，想要勒死女妖。女妖在魔龙碰得嘎嘎作响的鳞甲间爬行，后来竟爬到龙的脖子上，她一把抓住了龙的脖子。接着她又顺势滑到魔龙激怒的脸上。她在空中摇晃了几下，就把脚伸进了怒吼着的龙嘴里。魔龙"咋喳咋喳"嚼了几下，把女妖的脚趾咬得粉碎。可是，女妖想要杀死魔龙。魔龙想呼吸一下，可是办不到。于是，它的翅膀僵硬了。只听见一声轰雷般的巨响，魔龙倒在船上，压死了女妖。甲板上流了一摊鲜红的血，伏丽西冲过去想把莫兹佳救起来。可是，女妖却滑进了海里，在血红的海浪里消失了。

　　魔龙太重了，砸坏了舰艇，舰艇里到处都漏水，眼看船就要下沉了。伏丽西不得不跳进海里，游着离开了。天将黑的时候，她游到一个陌生的海崖。她刚想上岸，突然看见莫兹佳也浮出了水面，还用海藻②包扎着伤口。莫兹佳挥舞龙骨剑，原来她根本没死，反而杀了魔龙。可是，伏丽西身边没有武器，眼看就要死在女妖手里。没想到，一线月光滑在她手上，轻声对她说："让我成为你的宝剑吧"。

　　伏丽西连忙把宝剑浸在冰凉的泉水里，等着消灭敌人。莫兹佳舞着剑跳过来，龙骨剑和月光宝剑开始打起来。龙骨剑发出骨响，月光宝剑发出清脆的响声。伏丽西急速地旋转着宝剑，一下子刺中了女妖的心脏，女妖怪叫一声，可她却把龙骨剑刺进了仙女的喉咙，仙女也倒在地上。

　　月光宝剑的寒气透进了莫兹佳的血管里，她用尽力气想要使自己的血液保持温度，于是在马刺上摩擦着龙骨剑，突然，剑锋冒出点点火星，火星点燃了她那蓬乱的长发。一瞬间，她变成了一束火把，身上散发出如同烧焦的野味那样刺鼻的臭气。不一会儿，在烧焦女妖的地方出现了一摊油脂，这是莫兹佳的灰烬。

　　一只小鸟飞到伏丽西的伤口上，用嘴给仙女止住了血，一个蜘蛛在她的伤口处织了一个网作为包扎布。伏丽西吻了一下月光宝剑，她立刻浑身有了力量。她站立起来，洒了几滴泉水和几个花瓣在莫兹佳的灰烬上。然后，她唱着欢乐的歌，舞着月光宝剑走向明媚③的远方。

善良的仙女和莫兹佳的邪恶形成对比。

善良的月光女神赐予伏丽西一把神奇的宝剑！

恶有恶报，这就是恶魔的下场，活该！

美丽的仙女又过上了自由快乐的生活。

（说）（文）（解）（字）

①干瘪（gān biě）：干而收缩，不丰满。

②海藻（hǎi zǎo）：海中生长的一种植物。

③明媚（míng mèi）：景物鲜明可爱。

（故）（事）（启）（迪）

　　莫兹佳因为嫉妒，邪恶地破坏了美丽的官殿，毁坏了一切美好的东西。希望她丑恶的灵魂能得到净化。当我们看到比自己优秀、美丽的人时，或许会产生嫉妒，可是嫉妒只能更大地增加差距。只有努力地学习优秀者的长处，才能让自己也优秀起来。记住：人不是因为美丽而可爱，而是因为可爱才美丽，努力地做一个既可爱又美丽的人吧。

（奇）（思）（妙）（想）

　　1. 你喜欢美丽的伏丽西吗？

　　2. 面对比你优秀的人你会怎么做？

☕ 导　读

　　你见过皮肤像牛奶一样白，像血液一样红润的人吗？可是王子却想找一个这样的姑娘做妻子。他的母亲说世界上没有这样的姑娘。王子决定走遍世界寻找他心中的姑娘。王子最终能不能找到他心中的妻子呢？

石榴姑娘

　　有一位王子，当他在切奶酪的时候，一不小心把自己的手指头切破了，一滴鲜红的血落在了白色的奶酪上。王子对王后说："母亲，我想娶个妻子，她的皮肤一定要像牛奶一样白，像鲜血一样红润①。"

　　"这不可能，孩子。"王后说，"世界上任何一个人的皮肤白的就不会红，红的就不会白。你可以出宫去找一找，看看这样的姑娘会有吗？"

　　王子出宫了，他决心走遍世界也要找到符合自己理想的妻子。

　　他走在路上的时候，碰见了一位妇人。妇人问王子：

　　"喂，小伙子，看起来你像大户人家的少爷。你这是到哪里去呀？"

　　王子没有搭理她，他不想把自己的秘密讲给一个喜欢说三道四的妇人听。

　　他继续赶路，碰到了一位白胡子的老人。老人个子不高，看起来却很睿智②。

　　"年轻人，你要去哪里？"老人问王子。

　　王子说："尊敬的先生，我很想跟你说我的秘密。我正在寻找一位姑娘，她的皮肤要像牛奶一样白，还要像血液一样红润。"

　　"孩子啊，"老人对王子说，"世界上任何一个人，皮肤白

真的会有这样的姑娘吗？设置悬念。

王子的决心非常大。

肖像描写，老人的睿智为下文的故事情节埋下伏笔。

石榴会带来什么奇迹呢？为什么要在泉水边打开呢？设置悬念。

原来石榴里面藏着王子心中要找的妻子。

的就不可能红，皮肤红的也不可能那么白。不过，我可以送给你三个石榴，你打开看看，如果你幸运的话，也许会从石榴中发现奇迹。不过你要记住，一定要在泉水边打开。"

王子收下了老人给的石榴，就去找泉水了。半路上，王子忍不住，就剥开了一只石榴，一位非常漂亮的姑娘从石榴里跳了出来。她浑身赤裸着，皮肤像牛奶一样白，像鲜血一样红润。

姑娘刚一落地就说道："快给我水喝，快给我水喝！没有水的滋润，我很快就会死掉的。"王子慌忙地向山泉跑去，等他把水捧回来时，已经太迟了，美丽的姑娘已经死了，她的身躯就像秋天的树叶一样枯萎了。

比喻句，把姑娘的身躯比作秋天的树叶，形象地说明了姑娘生命已经衰竭。

快要到山泉边上了，王子忍不住剥开了第二只石榴。又一个姑娘跳了出来，和第一个姑娘一样漂亮，同样喊着要水喝。

王子急忙去捧山泉水，一不小心，水全洒光了。等他第二次捧回水，姑娘已经死了。

这时，王子手中只有一只石榴了，王子再也不敢粗心大意了。他蹲在山泉边，小心地剥开了第三只石榴，石榴中跳出了一个姑娘，这个小姑娘更娇嫩、更美丽。

姑娘一蹦出来就说："快给我水喝，快给我水喝，没有水喝，我的生命很快就结束了。"

　　这一次王子早有准备，他立即从泉中捧了水滴进姑娘的嘴里，淋在姑娘赤裸的身体上。姑娘得到了泉水的滋润，显得更加娇艳了，皮肤嫩得好像能淌出牛奶似的。

　　王子从自己身上解下斗篷，裹住了姑娘的身体，温柔地对她说："石榴姑娘，我要娶你为妻。你先坐在这里，我去给你拿衣服，然后赶着马车来接你。"

　　姑娘十分顺从地爬到了泉边的大树上，安静地坐在了树杈上。

　　王子走了之后，有一个叫拉森的丑女来泉边打水，她装满了水罐，蹲在泉水旁，看着自己水中的面容。

　　她突然发现自己漂亮多了，于是长叹一声，说道：
我是如此美丽，
命运之神就该青睐我。
既然命运之神关心我，
我为什么要吃力地到泉边来打水？

　　说完，她就砸碎了水罐，高高地昂起头，回主人家去了。回到家里，女主人大骂了她：

　　"丑陋的拉森啊，你的胆子好大，竟然摔碎水罐？看看你的丑样吧，你只配去打水！"

　　于是，拉森抱起了另一只水罐，十分郁闷地回到了泉水边。

　　在纯净的泉水中，她又看到了美丽的影子，她说：
咦，我是如此美丽，
命运之神就要光顾我了。
既然有了命运之神的关照，
我为什么还要到泉水边打水？

　　说罢，拉森又摔碎了水罐。回家之后，女主人再次大骂了她一顿，又让她来打水。她没办法，只好又抱起一只水罐，回到了泉水边。

　　在泉边，拉森从水中看见一个影子。总觉得自己很俊俏，不明白女主人为什么说自己丑。

　　拉森不断地对着水挤眉弄眼，坐在树上的姑娘笑了起来。

照应上文，泉水的重要照应了上文老人的话。

王子真的找到了他的爱人。

丑女的误会推动了情节的发展，让故事波澜起伏。

坚信自己突然变美丽的拉森，是不会轻易放弃自己的幻想的，为下文拉森的愤怒埋下伏笔。

丑陋的人总是爱幻想，没有自知之明。

听到笑声，丑姑娘拉森抬起了头，这才注意到树上还有一个姑娘，泉水中的影子是这个美丽的姑娘的面容。

拉森气急败坏，心中打起了坏主意。她对树上的姑娘说："是你害得我摔碎了几只水罐，但是我可怜你，因为你的确很漂亮。下来吧，我给你梳梳头发。"

树上的姑娘不肯下来，因为她要等未婚夫来接她。但拉森反复地劝说她："下来吧，我很会梳头呢，梳完头你会更漂亮，你的未婚夫就会更爱你！"

丑姑娘拉森把树上的姑娘硬拉下来，给她解开头发，然后自己绕到姑娘的背后，乘姑娘没留神的时候，拔下自己头上尖尖的发夹，扎进了姑娘的头颅。姑娘倒在地上，血一滴一滴地渗进土里去了。姑娘死了，渗入土地上的鲜血变成了一只鸽子，鸽子拍拍翅膀飞走了。

丑姑娘拉森披上王子的斗篷，赶紧爬到树上坐下。过了一会儿，王子赶着马车过来接姑娘了，看见拉森后奇怪地问："你的皮肤刚才像牛奶一样白，像鲜血一样红润，怎么现在变黑了？"

丑姑娘拉森看见这么一位英俊青年在问话，马上想了一个坏主意，就说：

"树叶遮挡不住阳光，我被太阳晒黑啦！"

王子又问她："你的声音怎么也变粗了呢？"

丑姑娘拉森回答：

"刚才直刮大风，我的嗓子变哑了。"

王子又问："刚才你还挺漂亮的，怎么突然变丑了？"

丑姑娘拉森说：

"太阳晒，大风吹，我的美貌受不了啦！"

王子没有办法，只好把丑姑娘拉森领回王宫，但却一直拖着不与她举行婚礼。

有一天早晨，王宫厨房的窗口飞来一只鸽子，对厨师说：

"我问你，好心的厨师，王子和拉森结婚了吗？"

厨师回答说："还没有呢，王子仍然一个人喝酒，一个人睡觉。"

鸽子又对厨师说：

希望破灭的拉森会做出什么事情呢？设置悬念。

细节描写，节外生枝，又生波澜！丑姑娘拉森害死了石榴姑娘。

心肠歹毒的人往往都十分狡猾。

阅读提示：照应上文，石榴姑娘变成了鸽子。

"给我喝点水，给我吃一点儿饭，我用金色的羽毛报答你。"

厨师给鸽子盛了一小盒汤，又用小碟给鸽子盛了一团米饭。鸽子吃完了，抖一抖身上的金羽毛，然后飞走了。

第二天早晨，鸽子又飞到王宫厨房的窗口，对厨师说：

"我问你好心的厨师，王子和拉森结婚了吗？"

厨师回答说："还没有，王子仍然独自睡觉。"

鸽子又对厨师说：

"给我一口汤喝吧，给我一点儿饭吃吧，我用金色的羽毛报答你。"

鸽子喝了厨师给的汤，又给厨师留下了几根金羽毛。

第三天早晨，鸽子又飞来了，问的话和前两天完全一样，厨师感到十分奇怪，便报告了王子。王子说："等它明天再来的时候，你想办法捉住它，然后把它送给我，让我来喂养。"

王子和厨师在屋里说话，没想到，丑姑娘拉森就在门外偷听。她知道，只要鸽子对王子开口讲话，她的身份就该暴露了，她杀害美丽姑娘的罪行也就会被人知道，于是，她决心先下毒手。

第二天早晨，丑姑娘比王子早到了厨房的窗口，鸽子刚一落地，她就用一把烤叉刺过去，鸽子死了。

鸽子的血滴在了花园里，花园里马上长出一棵石榴树。石榴树不会走动，又不会说话，所以拉森放过了它。

石榴树开花，结果，果实红润，十分好看。为了让别人知道她的好心，丑姑娘拉森曾把一些石榴送给别人吃。很快，城里就传说这种石榴很神奇，果实能治疗疾病，使人恢复健康。于是，许多人前来王宫讨要石榴。

最后，树上只有一个石榴了，这是全树中最大的一只，拉森想留给自己吃。

没想到，一个老太婆来找拉森，说她的丈夫要死了，恳求给她一只石榴拯救她的丈夫。

丑姑娘拉森不肯给，但王子在一旁说话了："你就给她吧，人死了就不能活了，但石榴树明年还会开花结果的。"

丑姑娘拉森非常不乐意给，但却不敢违背王子的意志，只

鸽子的问话，表现了石榴姑娘对王子的爱。

鸽子知恩图报。

丑陋的拉森，她的灵魂也一样丑陋，残忍。

石榴姑娘很善良。她不仅人美，心也美。变成石榴也在做善事。

老太婆的到来，暗示故事又有了新进展。

好把那只全树最大的石榴给了老婆婆。

老婆婆把石榴拿回家，但她的丈夫却已经死了，家里只剩下她孤零零的一个人。老婆婆每天都要去教堂做祷告，有时也到市场上去做小生意。只要她一离开家，那只大石榴就绽开了，从里面走出一位美丽的姑娘，为她做饭、洗衣、打扫房间。

山穷水复疑无路，柳暗花明又一村。老婆婆无意中救了石榴姑娘。

老婆婆回到家里，看见桌子上有热汤热菜，家里又干净整洁，十分奇怪。

有一天早晨她去教堂的时候，就把这件怪事告诉了神父。神父说："明天早上你假装外出，再偷偷地溜回家中藏起来，看看到底是谁在帮你做家务。"

第二天上午，老婆婆唠唠叨叨地假装出了门，还在门上上了锁，然后又悄悄地溜进院子，躲在窗户下。一个漂亮的姑娘从那只大石榴里走出来，开始给她做家务。乘姑娘不注意的时候，老婆婆急忙走进房间，一把拉住了姑娘的手。

老太婆发现了石榴姑娘的秘密，她会怎么做呢？设置悬念。

"你是谁？你是怎么进来的？为什么帮我做家务？"老婆婆十分疑惑③。

"请不要伤害我，我全都告诉你。"姑娘十分可怜地说。于是，姑娘就把自己的身世和遭遇全都告诉了老婆婆。

姑娘就像初生的婴儿一样没穿衣服，身上的皮肤又红又白，嫩得像要滴出水来。老婆婆从内心深处疼爱她，就收留了她，还找出自己的衣服来给她穿，然后她们一起去教堂里做礼拜。

细节描写，又一次强调了姑娘肌肤的美丽。

姑娘自此以后就和老婆婆生活在一起，穿着朴素的旧衣服，还常和老婆婆一起到教堂去。

一个星期天的早晨，姑娘和老婆婆在去教堂的路上，恰巧遇上了王子。

多么曲折的情节啊！事情有了转机，有情人终会相遇。

"上帝啊！这个姑娘就是我在泉边见到的那个美丽姑娘！"尽管石榴姑娘穿着十分朴素，但是王子一眼就认出了她。

"告诉我这个姑娘从哪里来的？"王子一下子抓住了老婆婆，十分着急地问。

老婆婆吓了一跳，慌忙地说，"王子，她是自己到我家来的。"然后，老婆婆就把姑娘的来历全部说给了王子听。

"你真是从石榴里来的吗?"王子问。

姑娘有些害羞,点了点头。

王子把姑娘带回了王宫,让她当着丑姑娘拉森的面,说一说自己的经历。

拉森无话可说,又羞又愧。

王子说:"人丑并不可怕,但心灵丑陋最令人憎恶。你再三残害我的未婚妻,罪不可恕。现在我让你自己选择死法吧。"

"在我的身上倒满柏油!把我烧死吧!"丑姑娘拉森说。

拉森被烧死了,王子和美丽的石榴姑娘结婚了,他们过上了幸福的生活。

记住:人的外表丑并不是错,但心灵卑鄙丑陋就不值得原谅了。

曲终事美,有情人终成眷属!王子终于实现了自己美丽的愿望。

说文解字

①红润 (hóng rùn):带有红色的细腻光泽。

②睿智 (ruì zhì):英明有远见。

③疑惑 (yí huò):心里不明白。

故事启迪

神奇的石榴姑娘就是王子理想中的妻子,不料丑陋的拉森因为嫉妒杀死了石榴姑娘。阴谋终会暴露的,懒惰阴险的拉森被烧死了。王子和石榴姑娘历经磨难,有情人终成眷属,从此过上了幸福的生活。从王子的身上我们可以看出人重要的是要有生活的目标,要有理想,哪怕是别人认为不可能的事,只要我们自己坚定信念,不懈地追求,也可能会实现。加油吧,相信自己一定能行。

奇思妙想

1. 王子经历了哪些挫折才找到石榴姑娘的?

2. 用善良真诚的心来对待生活,你学会了吗?

导 读

  吝啬鬼我们都见过，就是那种很有钱，但对己对人却非常苛刻小气的人。有个墨西哥的王子十分有钱，但很吝啬。不但对自己吝啬，对他的仆人更是十分小气。有一次国子雇了一个爱搞恶作剧的仆人约瑟夫，约瑟夫看不起主人的吝啬便想了一个诡计来捉弄王子。你想知道吝啬的王子上当了吗？

吝啬王子

  墨西哥有个王子，十分有钱，但很吝啬①。

  每天他只吃两顿饭，每顿只吃一片面包外加一片香肠，再喝一杯清水；他的床上只铺着一张席子，枕头硬邦邦的；他只雇用一个仆人，每天就给仆人2分钱，仆人只能吃一个鸡蛋和一丁点儿面包。所以，没有一个仆人能在他家忍受三天以上。有一次，王子雇用了一个仆人，这个人十分油嘴滑舌，是全城闻名的无赖。无论主人多么狡猾，他总能恶作剧地应付，大家称他为约瑟夫师傅。

> 细节描写，多么吝啬的王子！他实在是吝啬得让人难以接受。

  约瑟夫在王子家干了一天，便摸透了主人的性格，还十分看不起主人的吝啬。他的脑子灵机一动，想出了一个鬼主意。

> 约瑟夫想出了一个什么鬼主意呢？设置悬念。

  当天晚上，他来到王宫附近的一个商铺的老板娘家里去串门。这个老板娘很有钱，还有个漂亮的女儿。约瑟夫对老板娘说："大婶呀，你家的姑娘该出嫁了吧？"

> 有钱的老板娘，而且她有一个漂亮的女儿，约瑟夫在打什么鬼主意呢？

  "约瑟夫师傅。"老板娘说，"你认识什么好的小伙子吗？"

  "您认为王子怎么样？"

  "身世倒是挺高贵的，就是吝啬。他宁肯丢掉一只眼睛，也不愿花掉一分钱。和这种人过日子，能幸福吗？"

> 狡猾的人遇到贪婪的人，两人一拍即合，一个坏主意诞生了。

  "大婶啊，您就听我的，我保证您人财两得。"跟着，约瑟夫与老板娘耳语了一番。

  然后，约瑟夫找到王子，对王子说："尊敬的殿下，您为

什么还不结婚呢？人生苦短，要早些享受家庭的乐趣啊！"

"哼！养一个老婆要花很多钱，你知道吗？"王子叫了起来，"还有衣服、帽子、裤子、看戏什么的……不行、不行，这种事情净赔本。"

"殿下，就住在王宫附近的商铺老板娘的女儿你见过吗？这姑娘长得天仙般漂亮，而且光喝风不吃饭。她自己虽然有很多钱，但对于吃喝玩乐穿衣打扮类花钱的事从不爱好，比您还要节俭呢！"

"你别胡说了，约瑟夫，一个人不吃饭怎么可以活着呢？"

"她有把奇特的扇子，每天朝自己扇两下，肚子就扇饱了。"

"真的吗？那你帮我们张罗一下，我们见个面。"

就这样，在约瑟夫师傅的撮（cuō）合和张罗下，一个星期之后，王子和商铺老板的女儿就结婚了，商人的女儿立刻成了王妃。

每天吃饭的时候，王妃就摇起了扇子，王子则美滋滋地吃他的一片面包、一片香肠，喝那杯清水。等王子不在家的时候，商铺老板娘就给女儿送来烤肉和鸡腿，约瑟夫也跟着

谎言总是听起来非常美妙。

鬼迷心窍的王子，竟然识辨不出很明显的骗局。

王妃大吃大喝起来。

一个月过去了，王子十分满意，但商铺老板娘却发牢骚了。女儿做了王妃之后，不仅不帮她干活了，而且和仆人一起都吃她的饭，花她的钱。"该让那吝啬的王子出点钱才行吧？"老板娘对女儿和约瑟夫说。

"知道需要做什么吗，我的宝贝？"约瑟夫早与王妃勾搭上了，他给王妃出了一个主意说，"你说想看一看王子的宝库，王子一定不愿意。你就说你要光着脚进去，空着手出来，什么都不会带走。"王妃就这样去问王子，但王子根本就不同意。王妃左说右说，并把自己的钱也献给了王子，王子总算同意了。约瑟夫慌忙给王妃在裙边涂了些胶水。

王子撬（qiào）起了卧室里的一块地板，打开一道木门，他和王妃走进了地下室。地下室里的金币堆积成山，世界上最富有的国王的财富也没有王子的一半多。王妃都快看呆了，好不容易才清醒过来。她一面感叹，一面若无其事②地摆动着裙子，等她走出地下室，回到自己的房间时，发现拖裙上粘了许多枚金币。约瑟夫把这些金币交给了老板娘，于是，他们总是花天酒地，而王子却毫不怀疑自己的妻子的确能够光靠喝风而活着。有一天，王子和王妃一起外出散步，遇见了王子的外甥，他平时很少和外甥见面。

"皮诺尔呀！"王子对外甥说，"下星期天到我家来做客吧！"话刚一出口，王子就后悔了，请人吃饭，又要花钱了！可是想要改口又来不及了。

想了一个晚上，王子想了个主意。他对王妃说："我要出去打猎，打许多野味回来。不仅可以用野味招待客人，说不定还能卖几个钱呢！需要五六天才能回来。"

"好的，殿下，"王妃说，"您要保重身体。"

王子前脚刚出门，王妃就差约瑟夫去找一个锁匠来，要锁匠立刻给她配一把钥匙开地下室的门。"我的钥匙丢了，必须配一把。"王妃这样对锁匠说。

于是，王妃有了一把自己的钥匙。她走进了地下室，搬上来几口袋金币，她用这些钱买地毯、买沙发、买灯饰、买家具，他们的房间装饰得漂亮极了；她给自己买了好几套昂贵、

批注：
- 老板娘的牢骚推动了故事情节的发展。
- 欲进先退，王妃知道只有钱能打动王子。
- 王子不只吝啬，还有些愚蠢。
- 王子不改吝啬的本性，对亲人都不舍得花钱。
- 王妃是一个非常擅长花钱的人，与王子的吝啬形成鲜明的对比。

漂亮的衣服和化妆品，打扮得像个真正的王妃；她又雇了一个厨师和一个门僮，门僮穿的制服都镶有金扣子，手中的棍子也有金包头。

六天过去了，王子打猎回来了，却迷了路。

"这是怎么回事？"王子不断地揉了揉眼睛，"我的家呢？"他在门口转来转去，不敢进门。

"尊敬的王子殿下！"门僮谄媚③地说，"您找什么，为什么不回家？"

"这是我的家吗？"

"当然，王子不在家的时候，王妃布置了这一切。"

"啊，我的天哪！"王子吓呆了，"难道我的钱全都成了这些无用的玩意儿？"

> 吝啬的王子简直无法忍受妻子的挥霍，如同别人无法忍受他的吝啬一样。

他飞快地跑进屋中，看见了白色的大理石楼梯和金碧辉煌的地毯，还有豪华的穿衣镜和奢侈的安乐椅……他一下子晕倒了，嘴里还喊着："天、天哪，我的金币……我的财产……我的妻子她……"

"怎么啦？王子殿下？"王妃问他。

"你……"王子急得说不出话来，"所有的财产……你、你……"

王妃立即去找公证人和4个证人来。公证人问王子："殿下，您是不是想立遗嘱？"

这时候，王子已经说不出话了。"所有财产都、都……我的妻子……"

"王子，请再说一遍。""所有财产都、都……妻子……"

> 吝啬鬼的下场是多么可怜又可悲啊！

"您要把您所有的财产都留给您的妻子，是这样吗？"王子不知咕哝了什么，但谁也听不清他的话，不一会儿，王子就气死了。

于是，王妃便成了财产合法的继承人，继承了王子毕生积聚的财富。这些财富王妃两辈子都花不完。

> 吝啬的王子用一生积聚的财富为他人做了嫁衣。

王子的丧事办完之后，王妃就与约瑟夫结了婚。骗子约瑟夫师傅的奸计得逞了，而且成了贵族。

说文解字

①吝啬（lìn sè）：过分爱惜自己的财物，当用不用。

②若无其事（ruò wú qí shì）：好像没有那回事似的。形容不把事情放在心上或态度镇静、不动声色。

③谄媚（chǎn mèi）：用卑贱的态度讨好人。

故事启迪

与其说吝啬的王子被妻子的奢侈活活地气死了，不如说他是因为看到自己的钱被花掉心疼死的。反正，吝啬的王子就这样死了。仆人约瑟夫的诡计得逞了，他成了富翁。王子吝啬一生，毕生积聚的财富白白送给了别人。我们提倡节约，反对浪费和过度吝啬，要有正确的金钱观，立足现实，会花钱的人也会赚钱，失去了金钱又把性命丢了，只能叫亲者痛，仇者快。

奇思妙想

1. 你如何看待王子和约瑟夫这两个人物？

2. 生活中的你有什么样的金钱观？

导　读

　　仁慈的上帝派了个仙女做可怜的孤儿埃利桑德鲁的妻子。仙女和贫苦的埃利桑德鲁过上了幸福的生活，可是一位坏心眼的贵族老爷却从中作梗。善良的仙女会如何帮助丈夫呢？上帝又会如何惩罚贪婪的贵族老爷呢？

仙　女

　　在一座大森林里，住着一对老夫妻，他们在这里看护森林，他们有一个独生儿子，名叫埃利桑德鲁。

　　老夫妻年纪大了，快要死的时候，就对埃利桑德鲁说："孩子，我们老了，再也照顾不了你了，你到外面去闯荡吧，等你长大后再到这里来当守林人。"老夫妻没过几天就去世了。

　　埃利桑德鲁埋葬了父母后，就走出了大森林。他无依无靠，到处流浪，只能靠讨饭生活。

　　有一天，他遇到了一位善良的老人，老人收养了他，并教他学习捕鱼的本领①。不久，捕鱼老人也死了，埃利桑德鲁只好一个人以打渔为生了。

　　每天，天不亮，他就拿上渔网去打渔了。但是，好几天来，他一条鱼都没有打到，他只好闷闷不乐②地回去了。第二天他又去打渔，过了好长时间，才捕到了一条小白鱼。

　　埃利桑德鲁只好把小白鱼拿回家，他想把小白鱼煮煮吃了。回家后，他刚向锅里舀了一点水，就听背后有一个女孩说话的声音："小伙子，请别伤害我，我是仙女，是上帝派我来给你做妻子的。"埃利桑德鲁回头一看，只见一个如花似玉的姑娘站在他的面前，她身穿丝织的白色裙子，就像一位白雪公主。

开篇交待了故事发生的背景与人物。

真是屋漏偏逢连夜雨，小伙儿太不幸了，太可怜了。

多么神奇的机遇，多么幸运的小伙儿。

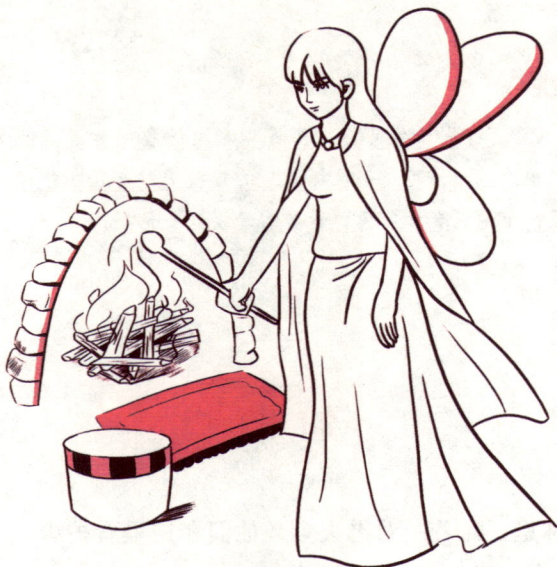

埃利桑德鲁十分兴奋，他立刻答应了姑娘的要求，当天他们就结婚了。仙女要埃利桑德鲁带她一起回到大森林里去。埃利桑德鲁答应了，他们回到了大森林，照样住在原来的破草房里。

谁知第二天出现了奇迹。他们原来住的破草房变成了一座富丽堂皇③的宫殿。

埃利桑德鲁回来的消息很快就被别人知道了。消息传到贵族那里，一位贵族老爷派人叫埃利桑德鲁到他那里去。

去之前，仙女告诉了丈夫如何对付那个贪婪的老爷。

到了贵族家里，老爷大骂埃利桑德鲁："谁让你在我的森林里盖宫殿的？"

埃利桑德鲁说："是上帝让我盖的。"

贵族一时说不上话来，但又不甘心，他要想办法对付埃利桑德鲁。于是，他让埃利桑德鲁将宫殿以南的一片森林砍光，种上玉米，并磨成玉米面，明天早晨送来。

埃利桑德鲁回到家，十分郁闷，毫无办法。

仙女问道："怎么啦？是不是贵族难为你了？请告诉我。"

埃利桑德鲁说："不好了，老爷要害我们了。"他把老爷让他要做的事告诉了仙女。仙女笑了一下说："别着急，亲爱的，明天你就知道怎么回事了。"

奇迹的出现，引出了下文他人的嫉妒。

聪明的仙女早就猜到贪婪的老爷想做什么。

多么无理的要求啊！

他们吃了晚饭后，就上床睡觉。第二天清晨，仙女就叫醒丈夫，说："喂，把玉米面给老爷拿去吧！"

老爷得到了玉米面，又想要葡萄，要了葡萄，又想要牛奶。老爷越来越贪心，最后，他又提出想让上帝陪他吃饭。

仙女劝丈夫别着急，上帝是同情善良的人们的，上帝会帮助他们的。于是，在仙女的指引下，埃利桑德鲁历经千辛万苦，终于找到了上帝。上帝命令贵族老爷去做埃利桑德鲁所做的一切苦差事。尽管贵族老爷拼命去做，但还没有完成，累得爬不动了。最后，只好向仙女求饶，让上帝放过他，今后再也不欺负埃利桑德鲁和别的穷人了。

多么贪得无厌的老爷，真是人心不足蛇吞象。

真是不见棺材不落泪，不到黄河心不死啊。

说文解字

①本领（běn lǐng）：能力；技能。

②闷闷不乐（mèn mèn bù lè）：因有不如意的事而心里不快活。

③富丽堂皇（fù lì táng huáng）：形容场面、建筑或陈设等宏伟华丽、气势盛大。

故事启迪

上帝是公平的，同情善良可怜的贫苦人，让善良的仙女来帮助埃利桑德鲁过上幸福的生活。贪婪的贵族老爷因为不断提出无理的要求，最后遭到了上帝的惩罚。他后悔了，请求上帝放过他，坏心眼的人总会得到应有的报应。看到别人拥有的既不要羡慕，也不要嫉妒，要用平常心来对待。不要总想把别人有的自己没有的就占为己有，那是不道德的，上帝是不允许这样做的。否则，就会受到严厉的惩罚哦。

奇思妙想

1. 贵族老爷的贪婪最后受到惩罚了吗？

2. 如果你是上帝，你会怎样对贵族老爷？

导　读

　　有一个寡妇，带着两个女儿生活。大女儿长得像母亲，她说话尖刻，对待别人傲慢无礼。小女儿十分乖巧美丽。可是寡妇疼爱大女儿，对小女儿却总是冷眼相对。她教大女儿描眉绣花，却让小女儿下地干活、背水做饭。有一天她们遇到了仙女，各自的命运又会发生什么样的改变呢？

两个女儿

　　有一个寡妇，含辛茹（rú）苦（形容经受艰辛困苦）地带着两个女儿生活。大女儿长得像母亲，就连脾气也和母亲差不多。她们说话尖刻，对待别人傲慢无礼，没有人愿意和她们交往。小女儿十分乖巧美丽，就像她的父亲一样忠厚诚实，只可惜父亲很早就死了。

　　寡妇疼爱大女儿，对小女儿却总是冷眼相对。她教大女儿描眉绣花，却让小女儿下地干活、背水做饭。

> 使用对比手法，两个女儿，品质一高一低。但受到的待遇却截然相反，让人心中不平。

　　小女儿十分可怜，每天都要到山边去背泉水，而且一天背两次才能够家里用。

　　有一天，小女儿正在泉边接水的时候，过来了一个妇人向她讨水喝。

> 妇人的出现推动了情节的发展。

　　小女儿立刻洗干净水罐，然后接满了泉水，用手托着水罐让她喝。

　　妇人喝够了水之后，用衣袖擦了擦嘴，对她说："你真是又善良又美丽，我特别喜欢你，我要送你一份礼物。"

　　这位穿着破旧的妇人其实是一位仙女，她化装成穷妇人讨水喝，是想看看这姑娘的品性到底如何。

　　妇人接着说："我的礼物是，每当你说话的时候，你一开口，嘴里就会吐出一朵花，或者是一块宝石。"

> 善良美丽的小女儿配得上这件奇妙的礼物。

　　小女儿回到了家里，母亲骂她到哪里去闲逛了，为什么这么迟才回来。

小女儿轻声地说："妈妈，请宽恕我吧，我确实回来得晚了，我马上就去做饭。"

小女儿说这些话的时候，嘴里吐出了一朵玫瑰花，还有两颗珍珠，一粒蓝宝石。

母亲惊恐万分①，说："不是我的眼睛花了吧？我看见这些是从你的嘴里吐出来的珍珠和宝石，怎么会这样，我的女儿？"

她第一次这么亲切地称呼小女儿。

忠厚的小女儿把事情老老实实地告诉了母亲，小女儿一面说着话，一面又吐出了无数的珍珠和宝石。

"真是好极了！"母亲说，"我应该叫你的姐姐也去尝试一下。"于是，那位母亲就让大女儿也去泉边背水，并安排让她守在那里，碰到穷苦的女人来讨水喝的时候，就给她喝。可大女儿不去，因为她从小到大从没有去背过水。母亲哄了半天，她也不愿去。直到母亲生气了，她才拿了一个家里最漂亮的银瓶子十分不乐意地勉强走了。

大女儿刚到泉边不久，就看见一位衣着华美的贵妇人向她要水喝。其实，这还是那位仙女，她只是又打扮了一下，想来考察一下这位姑娘的性格如何。

"别看你穿得漂亮，我可不想侍奉你！"大女儿蛮横②地说着，"算了吧，你想喝就喝，自己去接水。"

"真是没礼貌。"仙女说，"既然你一点同情心都没有，又粗野蛮横，那么我也要送给你一件礼物。每当你说话的时候，一张口，你的嘴里就会吐出癞蛤蟆、蜥蜴或是蛇来。"

大女儿十分懊恼地回家了。

她母亲远远就看见了她，亲热地喊道："你回来了，我的宝贝女儿！"

"妈妈……"大女儿刚一张嘴，嘴里就跳出来一只癞蛤蟆，把她的母亲吓坏了。

"天啊！这都是你的妹妹捣乱的。看我不打死她！"这位母亲尖叫着冲进厨房，就要去打正在做饭的小女儿。

小女儿没地方躲，就跑出了家门，来到附近的一个树林

心地善良的小女儿说出了真话。

自己不愿意做的即使勉强做了也不会有好结果的。

啊，骄纵的大女儿受到多么严重的惩罚！

蛮横的母亲用自己的错误来怪罪别人，无疑为小女儿制造了人生的"机遇"。

里，痛苦地哭了。

就在这个时候，刚好一位王子打猎经过，看见一个女孩子一个人在哭泣，就问她出了什么事情。

王子的出现将故事推入了高潮。

"妈妈把我赶出了家门。"小女儿一边哭，一边诉说自己的不幸。她说话的时候，芬芳的花朵、璀璨③的宝石不断从嘴里滚落出来。王子觉得她十分奇特，又十分美丽，不知不觉地爱上了她。

小女儿不敢回家，王子立刻就把她带进了王宫，请求国王同意他们结婚。

截然不同的命运和开头呼应。

小女儿做了王子的妻子，生活得十分幸福。而她的姐姐却总招人烦，到最后，就连她的母亲也不想收留她了，不知道她死在哪里了。

说文解字

① 惊恐万分（jīng kǒng wàn fēn）：十分的惊慌恐惧。
② 蛮横（mán hèng）：态度粗暴而不讲理。
③ 璀璨（cuǐ càn）：珠、玉等物光彩鲜明夺目。

故事启迪

种瓜得瓜，种豆得豆。种下善良的种子，得到鲜花和宝石，善良使不被妈妈喜欢的小女儿得到了仙女的帮助，成为了王妃，生活得十分幸福。妈妈过分疼爱的骄横的大女儿却处处招人憎恶，死无葬身之地。看到这样的结果，让我们不由自主地想做一个善良美丽的人。小朋友，你也一定愿意用善良的心对待自己，对待别人吧。让我们的社会处处充满关心和友爱吧。

奇思妙想

1. 你如何来评价两个女儿的妈妈？

2. 生活中，你的妈妈是如何对你的？你满意吗？

☕ **导　读**

　　都说猫和老鼠是天敌，有一只猫却十分想和老鼠做朋友，老鼠经不住猫的再三请求，于是同意了，它们就共同生活在一起了。猫会真的会和老鼠成为朋友吗？老鼠的命运会如何？一起来看看吧。

猫鼠交友

　　有一只猫想和一只老鼠做朋友。老鼠拿不定主意，不知如何是好。猫反复强调，说它特别想和老鼠做朋友，老鼠最终才同意和它住在了一间屋里。于是，猫和老鼠共同生活在一起了。

> 交待了故事的背景，一对共同居住的猫鼠朋友。

　　冬天来了。猫说："我们该准备一些东西过冬，不然会挨饿的。"老鼠同意它的意见。它俩一商量，于是买了一罐猪油。

> 一罐猪油是故事的线索。

　　但是它们不知道把猪油罐放在什么地方合适，左思右想，猫说："没有人会在教堂里偷东西，我们把猪油放在祭坛①下好了，那里最安全了。"

老鼠说好，猪油罐就放在祭坛下面。

过了几天，猫馋了，想吃猪油，于是对老鼠说："亲爱的朋友，我有个表姐在附近的村子里，刚刚生了一只小雄猫。这小雄猫十分可爱，表姐让我做外甥的教父，我要抱它去接受洗礼呢。我出去了，你可别乱跑，在家里等我，千万别出来乱跑。"

老鼠说："猫大哥，你尽管放心去好了，我就在家里呆着。愿上帝保佑你。不过，你有了好东西吃，也要想着你兄弟我；产妇喝的红甜酒，我也喜欢喝一点呢。"

其实，猫完全在骗人，它没有表姐，也根本没人去请它做教父。它出了家门，瞎转了一会儿，就直奔教堂了。它悄悄地靠近了祭坛，掀开罐盖，开始吃猪油了。

猫吃了油，盖上猪油罐的盖子，就跑到城市的屋顶上散步去了；累了，就在一块阳光充足的地方，睡起了懒觉。当然，睡觉前它还记得把沾在胡子上的猪油舔干净。

晚上，猫高高兴兴地回家了。老鼠说："啊，你回来了，今天还好吧？"猫说："当然好了。"老鼠问："那可爱的小雄猫叫什么名字呀？"猫有些爱理不理地说："叫'去了皮'。"

"'去了皮'？"老鼠很奇怪地喊了一声，"这名字多不一般呀，你们猫家族常叫这种奇怪的名字吗？"

猫说："看你没见过世面的样子，总比你们的教父叫'偷面包屑'这样的名字好听得多！"

过了几天，猫又嘴馋了，它对老鼠说："老鼠弟弟，对不起了，我要离开你一天，你只好看一天家；又有人请我去做教父，因为那个孩子脖子上有一道白圈，我也不好意思拒绝。"

善良的老鼠又相信了它。这一次猫从城墙后边钻进了教堂，罐子里的猪油被猫吃了一半。它贪婪地舔着胡子上的油星说："嘿，一个人吃东西，真叫爽呀。"

它吃饱了，高兴地回家了。老鼠问："你的这个教子取了什么名字？"猫答道："叫'去一半'。"

老鼠说："嘿，这个名字好奇怪呀，我可从来没听说过。"

过了几天，猫一闲下来就想起猪油的美味，口水都要流出来了。它终于坚持不住了，对老鼠说："近来我不知怎么了，好事一件接着一件。现在又有人请我去做教父了；那孩子只有脚上是白的，身上都是黑毛。一根杂毛都没有，这种事情真是很难得呀，我是一定要去的。"

老鼠没有直接回答它，自己叨念着："'去了皮'，'去一半'，这些名字都够奇怪的，叫我百思不得其解②。你的这个教子会叫什么呢，不知又会有什么新鲜的呢？"

老鼠对朋友深信不疑，怎么也没想到猫会背叛它。

猫说："你整日穿着深灰色粗绒衣，拖着长辫子，趴在洞里不出门，当然什么都不知道，这叫少见多怪。"说完，它根本就没有征求老鼠的意见，自己就走出去了。

猫走了以后，老鼠独自把屋里打扫得干干净净。猫却溜进教堂，又偷吃了猪油。它十分得意地说："只有吃光了猪油，我的心才安定下来。"

猫吃了猪油后，又在外面晃荡了一天，直到很晚才回家。老鼠问它第三个教子叫什么名字，猫说："你还是别问了，仍是你不愿听的，叫'一扫光'。"老鼠说："'一扫光'？这种名字也是你们家族的风格，够奇怪。"它摇摇头，蜷起身子，自个儿睡觉了。

故事的再发展。

从此以后，没有人再"请"猫去做教父了。

冬天到了，外面下起了鹅毛大雪，没什么东西可吃了。

老鼠说："猫大哥，咱们走吧，把教堂祭坛下的猪油罐取回来。猪油也该吃了，肯定可口。"猫说："一定合你口味，就像你把细舌头伸到窗外喝西北风一样。"

猫打的比方，其实已含蓄地说明了真相。

它们动身去教堂了，到祭坛下一看，罐子虽然在，里边却一点油也没有了。

老鼠一拍脑门，明白过来了："哎呀上帝，现在我知道以前为什么了，你可真够得上好朋友！在你三番两次去做教父的时候，你吃光了猪油：开始吃了皮，以后吃了一半，最后又……"

猫知道自己干过坏事，气急败坏③地说："住嘴！你再说一个字，我就吃了你！"

故事的结局：可怜的老鼠还是成了猫的一餐。势力相差悬殊，是难找公平的。

可怜的老鼠还没有说完话，猫就跳过去按住它，把它吞进去了。原来，天下竟然是这样不公平。

说文解字

①祭坛（jì tán）：祭奠或祭祀用的台子。

②百思不得其解（bǎi sī bù dé qí jiě）：反复思索，仍然不能理解。

③气急败坏（qì jí bài huài）：上气不接下气，狼狈不堪。形容十分慌张或恼怒。

故事启迪

馋嘴贪吃的猫使用计策偷吃了和老鼠一起藏的猪油，等到老鼠明白时，悔之晚矣，可怜的老鼠也成为了猫的一顿美餐。可怜又愚昧的老鼠怎能知道和敌人做朋友的下场呢？不管敌人再怎么狡猾、伪装，但其凶残的本性是掩盖不住，也改变不了的。我们交朋友时要多交善良的朋友，不要被敌人虚伪的假象蒙蔽了双眼，否则就会上当受骗，一旦失去了生命连后悔的机会也没有了。

奇思妙想

1. 你知道猫和老鼠为什么是死对头了吗？

2. 生活中你是如何交朋友的？

导 读

在遥远的山村，有一个十分聪明的牧童，能回答任何问题。国王把他叫了去，问了他三个问题。国王的问题是什么呢？牧童的回答能令国王满意吗？

牧 童

在遥远的山村，生活着一个牧童，他十分聪明，可以回答任何问题，因此他很出名。

当地的国王听说这个消息，将信将疑，便派人把牧童叫了去。

"我问你三个问题。"国王对他说："如果你能够回答出来，我就认你当我的儿子，就让你和我在一起，咱们住在我这个王宫里。"

国王提出的条件非常诱人。

"这三个问题都是什么？"牧童问道。

国王问："第一个问题是海里有多少滴水？"

"你叫人堵住大地上所有的河流，在我还没有开始数水滴以前，不能让一滴水流进海里，然后我会告诉你，大海里到底有多少滴水。"

多么聪明的牧童！

"第二个问题是？"国王说："你帮我数数天上星星的个数有多少？"

"给我一大张白纸。"牧童接着说。

他于是拿起笔来，在纸上画了无数个小点子，使人们简直分辨不清，更无法数清楚，谁往纸上一看，都会眼花缭乱①。

他说："天上星星的个数，和纸上点的个数一样，你自己数吧。"

聪明的牧童再次把问题回答得十分漂亮。

"第三个问题是？"国王说："永恒到底有多久？"

牧童接着说："在后波莫端有一座山，叫钻石山，它高有一小时程，宽有一小时路程，长有一小时路程。每过一百多么聪明的回答啊！

国王言而有信，兑现了他的承诺。

年，有个小鸟就会飞到那儿，用它的嘴巴啄这座山。等小鸟啄光这座山，永恒的第一秒钟，才刚刚走过。"

"你真聪明，一下就解答了三个问题。"国王说，"今后咱们一起，住在王宫里，你也很聪明，我就把你当作我的孩子看待②。

说文解字

①眼花缭乱（yǎn huā liáo luàn）：因看到繁杂的事物而感到迷乱。

②看待（kàn dài）：对待。

故事启迪

牧童以巧妙的方式回答了国王提出的三个问题，他是多么聪明啊！他善于运用自己的聪明才智，把握住了机遇，留在了王宫。小朋友，你是不是也想用自己的智慧为自己创造一个美好的未来呢？

奇思妙想

1. 这样的问题如果来问你，你会如何回答呢？

2. 聪明的你会为自己设计什么样的未来？

☕ **导　读**

　　凶狠残暴的鳄鱼如今也学会运用智慧骗人了。这不，有条死里逃生的鳄鱼，为了求生，它一再地用谎言欺骗善良的孩子高尼。高尼救鳄鱼了吗？鳄鱼又会怎样对待它的救命恩人高尼呢？

孩子和鳄鱼

　　鳄鱼迪亚希怪一整天都躺在河岸边，在温暖的阳光下睡觉。它听到一些女人走到河里洗葫芦瓢和亚麻衣裳。这些女人，整天不爱劳动，就爱说话，总是唠唠叨叨①说个没完没了。她们说，国王的女儿掉进河里淹死了，真可惜。第二天早上，国王很可能会下令抽干河水，从河底捞出他爱女的尸体。迪亚希怪的洞就在靠近村庄的河岸边，它慌忙逃进了村旁的一片灌木林。

故事的开端，交待了故事发生的背景。迪亚希怪侥幸活了下来。

　　第二天，河水被抽干了，所有居住在河里的鳄鱼都死了，在一个最古老的鳄鱼洞里，他们找到了国王女儿的尸体。

　　中午，高尼去拾柴，在灌木丛里发现了鳄鱼迪亚希怪。

　　"你在这儿干什么，迪亚希怪？"高尼问。

　　"我走失了。"鳄鱼说，"你能带我回家吗，高尼？"

　　"这儿又没有河。"孩子说。

　　"那么带我到河里去吧。"鳄鱼说。

故事的发展，孩子能救鳄鱼吗？设置悬念。

　　高尼找来一张席子和一些藤条。他把鳄鱼拉到席子上，然后卷起席子，再用藤条捆紧。接着他把席子顶到头上往前走，太阳都下山了，他才到达河边。到了水边，他从头顶放下了席子，砍断藤条，解开席子，打算把鳄鱼放进水里。

善良的高尼，他救了鳄鱼，会得到什么呢？又一悬念。

　　迪亚希怪说："高尼，咱们走了这么远，我的腿都僵硬了，快把我放到水里吧！"

　　高尼抱着鳄鱼往河里走，水已没到他的膝盖了，他刚想把鳄鱼放到水里，鳄鱼又说：

"再往前走，这里的水太浅了，等水没到你的腰时，我才能游动。"

高尼又往前走，水已经到了他的腰，他正想放下鳄鱼，鳄鱼又说：

"接着往前走，等水到你胸口的时候，我才能游动。"

高尼往前又走了几步，水已经到他胸口了，鳄鱼又说：

"最好让水没到你肩头时再放下我。"

高尼又往前走，水已经没到他的肩头了，这时鳄鱼才说：

"现在你放下我吧。"

高尼把鳄鱼放到水里，转身想走的时候，鳄鱼一把抓住了他的臂膀。

狡猾的鳄鱼！

故事的高潮：可恶的鳄鱼恩将仇报，要吃它的恩人。

"妈呀！"高尼叫道，"你要做什么？让我回去！"

"我不能让你回去，高尼，因为我太饿了。"

"那么迪亚希怪，请你告诉我，如果一个人对你有恩，你应该怎么报答他呢？"

"应该恩将仇报②。"

"你错了，你到全世界去问一问，有没有一个人赞同你这种说法。"

"怎么会没有呢？"

"那我们去问一问，看他们怎么说。"

"好！"鳄鱼说，"如果有三人同意我的说法，我就要吃掉你。"

它刚说完话，一头很老很老的奶牛到河边来喝水。鳄鱼忙问道："奈格，你年纪这么大了，一定知道许多事情，请你告诉我们，如果别人对你有恩，应该用恩德去报答呢，还是用仇恨去报答？"

"应该以仇相报。"老奶牛说，"拿我来说吧，年轻的时候，身强力壮，每次从草地上回来，都能吃到麦皮、粟米③和一大把食盐，我就给主人下很多牛奶。如今老了，牛奶不多了，就没有一个人来关心我，我只得自己去找东西吃。所以我觉得，恩不必用恩报，而应该用仇恨。"

老奶牛说完，摇晃着瘦骨嶙峋④的身体走了。

"高尼，听到了吗？"鳄鱼问。

"我听到了。"高尼说。

接着，他们看见一匹老马在河边喝水，鳄鱼马上问：

"珐丝，你很聪明，请告诉我们，恩应该用恩报呢，还是应以仇报？"

"应以仇报。"老马说。"像我，年轻的时候身强力壮，有三个马夫为我服务，每天我都能吃到甜滋滋的粟米。那时候，我驮着主人上战场，其中有一次我们抓了五百多俘虏。现在我老了，没人管我了，还常常用棍子打我，把我赶到荒野里去吃草。"

老马说完，喝了几口水慢慢悠悠地走了。

"高尼，你听到了吗？"鳄鱼说，"现在我饿得很，我要吃你了。"

"不行，"高尼说，"你自己说过，要问三个人。如果第三个人也同意你的看法，你才能吃我。"

"好吧。"鳄鱼同意了。

这时，跑来了一只兔子。鳄鱼忙叫道：

"勒克大叔，你也是一只老兔子了，请你来评评我们俩哪个有道理。我说恩要以仇报，而这个男孩说恩要以恩报。你说我俩谁正确？"

会有三个人同意吗？又一悬念。

故事的再发展，多么出人意料的回答。发生在老牛身上的不公，让老牛做出了这样的回答。

人类确实做得不应该，谁没有年老体衰之时？

兔子会赞同谁的观点呢？又一悬念出现了。

兔子抖抖耳朵问：

"迪亚希怪，你会去问一个瞎子，让他告诉你棉花是不是白的，乌鸦是不是黑的吗？"

"当然不会。"鳄鱼说。

"你能告诉我这孩子的家住在哪儿吗？"

"不能。"

"那么你给我说一说你们的事情吧。我了解了全部情况后，才能回答你们的问题。"

"好。事情是这样的。这孩子在灌木丛里发现了我，把我卷进席子，用头顶到了这儿。现在我饿了，就想吃他。"

"这么小的孩子能把你顶到这儿？我不相信。"兔子说。

"是我把它顶来的。"高尼说。

"他没有撒谎。"鳄鱼说。

"我不信，除非我看见才能相信。"兔子说，"你们俩都从水里上来吧！"

高尼和鳄鱼都上了岸。

"你怎能把这么大一条鳄鱼用头顶来呢，高尼？"

"我把它卷进席子，然后捆上藤条。"

"那你卷给我看看。"

鳄鱼躺在席子上，高尼把它卷进去。

"你还是把它捆着过来的？"

"是的。"

"那就捆给我看。"

高尼捆上藤条把鳄鱼捆在了席筒里。

"好，再顶到头上让我看看。"

孩子扛起席筒，顶到了头上。

"高尼，你的家是打铁的吗？"

"不，不是。"

"你赶紧把鳄鱼顶回家！请你们全家吃一顿鳄鱼肉。你的爸爸妈妈，你们家的亲戚朋友都会感谢你的。这是对付这条恩将仇报的鳄鱼的最好办法。"

说文解字

①唠唠叨叨（láo lao dāo dao）：说起来没完没了的，絮叨。

②恩将仇报（ēn jiāng chóu bào）：用仇恨报答恩惠。

③粟米（sù mǐ）：谷子，一年生草本植物，花小而密集，子实去皮后叫"小米"。

④嶙峋（lín xún）：形容消瘦露骨。

故事启迪

我们常说：滴水之恩，当涌泉相报。何况对鳄鱼来说可是救命之恩，然而鳄鱼却想吃掉自己的救命恩人，小高尼没有了办法。幸好遇到了一只聪明的兔子，以其人之道还治其人之身，让鳄鱼上了当，高尼才得救了。所以，我们对待恩将仇报的人，不需要过多的仁慈，要有辨别是非的能力。还有，一定要学会善待年老的动物和老人，不能让他们像老牛和老马一样无所依、老无所靠。想一想，他们年轻时为我们付出得那么多，我们应该让他们老有所养、老有所乐。

奇思妙想

1. 你喜欢文中的小兔子吗？为什么？

2. 你是怎样对待帮助过你的恩人的？

导 读

<u>一个贫苦人家的三个儿子无法忍受家里的一贫如洗，都决定外出谋生挣钱，他们三兄弟先后来到同一座城市，遇见了同一个绅士，被吩咐做同一件事情。谁能完成绅士吩咐的事情？他们的命运会发生什么样的改变呢？我们一起来看看吧。</u>

三个孤儿

故事的开端：父死、家贫，留下三兄弟。

绅士提出了要求。老大是否能遵守呢？设置悬念。

比喻句，形象地写出了悬崖的陡、环境的恶劣。

胆怯贪婪的人，掉进了地狱。

有个人病死了，家里一贫如洗，他还有三个儿子。

有一天，老大告诉两个弟弟说："我要外出谋生挣钱了。"于是，他走了，来到一座城市，沿街喊道：

"谁要雇我当仆人，我就认他做主人。"

大街旁边有一个很高的阳台，一个神态安详高贵的绅士站在阳台上，说：

"如果你肯答应我的条件，我就雇你当仆人。"

"有什么条件，您就说吧。"

"我希望你能照我的话去做事。"

"我什么事情都能按您的话去做。"

他们谈妥了条件，老大就做了绅士的仆人。

第二天早上，绅士把老大叫过来，交给他一封信，然后对他说："带着这封信，骑着这匹马，立刻出发。不过你要记住，千万不要摇动缰绳，要不然，这匹马就会掉头跑开，这马认得路，它知道自己该去哪里，你只管让它跑就是了。"

老大骑马上路了。马跑啊跑，最后跑到了一个悬崖边。悬崖就像刀切过一样陡，崖下是万丈深渊。老大特别害怕，不由自主地拉住了缰绳，马立即掉头，飞快地跑回家去了。

主人见马驮着他回来，就说："你没有照我的话去做，你可以走了！那边有一堆钱，随便你拿多少。"

老大拼命地往口袋里塞钱，把几个口袋装得满满的，都快撑破了，然后就往外走去。刚一迈出大门，脚下的地就裂开了口子，他一下子就掉进了地狱。

再说老二和老三在家，见大哥出去以后就没回来，家里穷得实在撑不住了，于是老二决定离家挣钱。他对老三说："我要外出谋生。"于是就走了。他和大哥走的是同一条路，走进了同一座城市，同样沿街喊道："谁要雇我当仆人，我就认他做主人。"

那位神态安详、模样高贵的绅士又出现了，说：

"如果你肯答应我的条件，我就雇你做仆人。"

"您有什么条件，尽管说吧。"

于是，他们谈好了条件。第二天早晨，老二跟老大一样，被派出去送信。当马跑到那个悬崖边时，老二和老大一样十分惊恐地勒住了马缰绳，马立刻掉头跑了回去。

"现在请你走吧，"绅士对老二说，"你没有完成我们讲好的条件。那边是一堆钱，你想拿多少就拿多少吧！"

老二和老大一样拼命往口袋里塞钱，然后走了。他刚一迈出门口，脚下的地就裂了，他也掉进了地狱。

老三一个人在家里，没有田地可以耕种，吃了上顿没下顿，眼看着大哥、二哥出去就没有回来，就也想出去闯荡一番。他和大哥、二哥走的是同一条路，来到了同一座城市，也沿街喊着同样的话：

"谁要雇我当仆人，我就认他做主人。"

那位神态安详、模样高贵的绅士又出现了，把他叫进屋，对他说："我供你吃住，还给你工钱，只有一个条件，你得听我的话。"

老三同意了。第二天早晨，绅士递给他一封信，向他一一做了交待。老三骑着马，任由马向前奔跑。到了悬崖边，眼看着万丈深渊，老三吓得毛骨悚然①，害怕死了，心想还不如闭上眼睛，默默祈祷一番："上帝保佑、上帝保佑……"只觉得马腾空一跃而起，等他睁开眼睛的时候，马已经跨过悬崖，在另一边奔跑了。

跑啊，跑啊，他看见前面有一条大河，宽阔得就像海一样。他想，这下子我可肯定被淹死了，但又有什么办法呢？

[旁注]

接受考验的方式是一样的。

多么相似的两兄弟啊！一样的胆小贪婪。

老三会重蹈两位哥哥的覆辙吗？此处设置悬念，引发阅读兴趣。

尽管害怕，可老三却没有违背诺言。

"愿上帝保佑……"他嘴里念叨②着，就又闭上了眼睛。只听见耳边的水"哗哗"地响，但是他的衣服根本就没湿，他又平安地过了河。

跑啊，跑啊，他看见前面又有一条河，河床要比上一条河窄多了，但河水却是血红色，看起来太可怕了。老三已经顾不得多想了，只管闭上眼睛，默念着"上帝保佑!"任凭马儿奔驰、跳跃，但河水却奇迹般地分开了，坚硬的河床裸露出来。

马儿继续向前跑，前方出现了一片森林。森林的树木十分茂密，灌木、藤蔓交错生长，密闭得就连鸟儿也过不去。老三心想，如果硬闯，还不得碰个头破血流？不过，我要是受不了，这匹马同样也没命了，还是听天由命吧！嘴里默念着"上帝保佑!"他骑着马冲进了森林。

奇迹又发生了，一条小道出现了，披荆斩棘③，延伸向前，老三和马都没有受到任何伤害。

在森林的深处，有一个老头儿，正在用一片细细的麦叶子锯一棵大树。

"你在干什么?"老三问老头儿，"你想把麦叶儿当锯用吗?"

"走你的路，多什么嘴呀，否则我用麦叶子砍下你的脑袋。"老头儿阴沉着脸说。

老三不再说话了，骑着马离去了。

跑啊，跑啊，他又看见一个大拱门，拱门着火了，在熊熊燃烧，拱门的两旁各蹲着一只狮子。"我要从拱门中间穿过去。"老三想，"我可能会被烧死，但马也会被烧死的。冲吧，愿上帝保佑我们!"

老三想着，把头往马的脖子上一伏，马嗖地一下穿过了拱门。

拱门后面全是平坦的石板路，老三看见一个老妇人正跪在石头上做祷告，马来到老妇人的面前，就站着不动了。老三想，应该是这个老妇人的信吧？于是，他从怀里掏出信，递过去给了老妇人。

老妇人拆开信一看，二话没说，就从地上抓了一把沙子抛

批注（旁注）：

只要坚守诺言，就能化险为夷。

在忠诚的老三身上，奇迹一次又一次降临。

多么奇怪的老头啊！麦叶子也能砍人。

坚信上帝保佑的老三终于安全抵达了终点，完成了主人交给的任务。

向空中。老三看她不再说什么了，就上了马，拉动了一下马缰绳，马掉转头回去了。

回到了那座城市，回到了主人的家，主人对他说："我想跟你说，我就是基督耶稣。你骑马跳过的那个悬崖是通向地狱的斜坡；那血红的河水是我母亲的眼泪，其中掺和着从我伤口里流出来的鲜血；森林是我王冠上的刺；那个用小麦叶子锯树的人是死神；熊熊燃烧着的拱门就是地狱之门；那两只狮子是你的两个哥哥；那位跪下做祈祷的妇人就是我的母亲。你听从了我的话，给我送信，我很感谢。瞧，那边是一堆金子，你想拿多少就拿多少吧！你不用再做我的仆人了。"

老三和基督辞别，从那堆金子中只拿了一枚金币，就离开了。

走在城市的大街上，他十分高兴，因为他听从了基督的吩咐，战胜了自己的怯懦④，完成了基督交给他的使命。他走了一会儿，觉得肚子有些饿了，就花掉了那枚金币，为自己买了一点吃的和一套朴素的衣衫。他用完这枚金币以后发现口袋里又有一枚金币。不管他用去了多少次，口袋里总是有一枚金币。他盖了新房，买了土地，娶了媳妇，过上了幸福的生活。

排比句，耶稣告诉了老三幻象下的真实。

老三的知足与两个哥哥的贪婪形成鲜明的对比。

知足不贪婪的人最终获得了幸福。

说文解字

①悚然（sǒng rán）：害怕；恐惧。
②念叨（niàn·dao）：因惦记或思念而不断地谈起。
③披荆斩棘（pī jīng zhǎn jí）：比喻扫除前进中的困难和障碍。
④怯懦（qiè nuò）：胆小；软弱怕事。

故事启迪

答应别人的事，就要努力做到。老大和老二因为胆小、怯懦没有完成耶稣交给的任务，又非常贪婪，所以落入了地狱。老三听从了基督的吩咐，一路披荆斩棘，勇往直前，没有退缩，战胜了自己的怯懦，完成了基督交给他的使命。因为他不贪婪，得到了一枚永远都花不完的金币，从此过上了幸福的生活。在困难面前，我们也要勇于挑战自我，不害怕，不退缩，勇往直前，幸福正在前面向我们招手呢。

奇思妙想

1. 你喜欢坚强勇敢又不贪婪的老三吗？

2. 玩过蹦极吗？挑战一下自己是否能够战胜恐惧。

导 读

在河边的一座村子，住着两个未出嫁的姐妹，她们都想嫁给邻村的大王。可是骄傲蛮横的姐姐见到了大王之后，却被蛇王杀了。想知道为什么吗？妹妹也去找蛇王了，她能如愿以偿地嫁给蛇王吗？

蛇 王

在河边有一座村子，村里住着两姐妹。当她们到了该出嫁的年龄，父亲便张罗①着给她们找对象。但是，谁也没找上门来。于是父亲决定去别的村给她们找，好叫大家知道他有两个没有出嫁的女儿。

这天，他坐着一条船，过大河，沿小路，来到一个寨子。这里看来很富裕，人们对他很客气。

"欢迎啊！"他们高声招呼道，"有什么事吗？"

"没什么大事。"他应道，"你们呢？"

"我们的大王想娶亲了。"人们回答，"此外，没别的事了。"

父亲一听，这和自己的来意一样，就说，他第二天就给大王送妻子来。

他过了河，返回家，心里美极了，脸上笑吟吟的，见两个女儿从地里回来，便叫住她们，说："我终于找到一个配作你们丈夫的人了。河对面有个村的大王想娶亲，送你们哪一个去好呢？"

大女儿抢先说："当然是我，我是老大嘛。"

"很好。"父亲说，"我要把亲戚朋友都请来，敲锣打鼓送你过门。"

"不用那样吧？"姑娘摆起架子说，"我要一个人去我丈夫家。"

故事的开端：父亲为两个女儿找对象。

父亲正好找到了想娶亲的大王。

自私的姐姐，非常霸道。

在他们这一带，从未听说新娘子过门没有亲朋好友来唱唱跳跳热闹一番的。所以父亲听女儿这么说，不由得吃了一惊，虽然他知道这孩子从小就性情孤傲倔犟。

"可是，孩子啊！"他说，"姑娘出嫁哪能一个人去，这可是规矩啊。"

最后，父亲心想，这孩子倔强，不会改变主意的，便同意让她一个人去。第二天一早，他把孩子摆渡过河，指明去的路，就快快②地转回来了。

父亲说服不了倔犟的女儿，但很为女儿担忧。

姑娘头也不回地上了路。没多久，她在半道上碰到一只老鼠。老鼠用两只后腿立起来，好像欢迎她似的，客客气气地问：

"愿意我给您带路，去大王的寨子吗？"

姑娘没有停下来，几乎一脚踩到老鼠身上。她说："滚远点！用不着你多管闲事。"

她继续走过去，老鼠在后面吱吱叫道："该你倒霉！"

走不远，姑娘碰到一只青蛙。青蛙正坐在路边的一块石头上。

傲慢的人把别人的好意踩在脚下，真该倒霉。

"我给你带路，好吗？"青蛙呱呱呱地说。

"别对我说话！"姑娘回答。脚尖一踢，将青蛙从石块上踢下来。"我要成为大王的妻子了，身价高贵，你这只小青蛙别捣乱。"

姑娘又一次无礼地拒绝了别人的好意。

"该你倒霉！"青蛙呱呱说着，翻过身爬起来，跳进林子里去了。

过了一会儿，姑娘走累了，便坐在一棵树下休息。她听见远处好像有羊叫的声音，接着走来一群羊，赶羊的是个小男孩。

"姐姐，您好！"孩子有礼貌地说，"您是赶远路的吧？"

"这与您关系大吗？"姑娘毫不客气地说。

"我想，您也许带着干粮。"孩子说，"希望能给我点吃的，我很饿。"

傲慢的人是会吃亏的，她不帮助别人，也难获得别人的帮助。

"我没有干粮。"姑娘说，"就是有，也不会让你吃。"

孩子失望了，赶着羊群上路了，一面回头说了一句："该你倒霉！"

姑娘休息好了，站起来继续走。突然，她看见一个老妇人。

"你好啊，我的孩子。"她对姑娘说，"我给你几句忠告吧：你在路上会碰到几棵树，它们如果笑话你，你可别去笑它们；你会发现一袋酸牛奶，即使渴了，也别喝；你会遇上一个头夹在腋下的男人，他要是递给你水，你可一定不要喝。"

老妇人的忠告也被大女儿蛮横无礼地拒绝了。

"别说了，死老婆子，烦死了。"姑娘大声吆喝着，把老妇人推开，"我要想听你的忠告，我就会自己问。"

"不听老人言，要倒霉的。"老妇人警告她。

姑娘根本不理会她，扬长而去。

不久，她真的碰到一棵树，当她走近时，它们高声大笑起来。

"笑什么，讨厌！"姑娘命令道。她走了过去，这些树不笑了，而姑娘反而笑个不停。

又往前走了一段。她发现脚下搁着一只山羊皮制成的口袋，捡起一看，里面装满了酸牛奶。她最喜欢酸奶了，便高兴地吃了个光，心满意足地说："走远路走渴了，能捡到酸牛奶吃，真走运！"

骄傲自负的人往往把别人的劝告当成耳旁风。

她把口袋往树林里一扔，继续走下去。当她穿过一片阴森森的树林时，吓得半死，因为他看见一个男人，腋下夹着他自己的脑袋，向她走来。那脑袋上的两只眼睛直盯着她，嘴巴则张开来说："你想喝点水吗，我的孩子？"那只没夹着脑袋的手递给姑娘一葫芦水。

姑娘并不太渴，但还是想喝点水。她先呷了一口，发现很好喝，于是，一口气全喝光了。然后，她也不谢谢这怪物一声，就走了。

不听劝告的后果是什么呢？设置悬念，吸引人接着往下读。

前面有个弯，她远远就看到自己要找的那个寨子，知道快到了。

趟过小溪，她看见有位少女正拿着罐子弯腰打水。她刚想走过去，那少女向她打了个招呼，问道："请问，你去哪儿？"

她轻蔑地看了少女一眼，回答道："我去寨子与大王成婚。你不配找我搭话，因为我比你大，而且比你高贵。"

原来这少女正是大王的妹妹，可她很谦虚，不想争辩，

大王的妹妹谦虚诚恳。

只是说，"我忠告你几句：不要从这边进寨，这边进去不吉利③。绕过那些大树，从那头进。"

姑娘没听她的话，直接从入口进了寨子，头都昂到天上去了。她一到，一帮妇人就围住她转来转去，打听她是谁，来干什么。

"我要嫁给你们的大王！"她解释说，"都闪开，让我歇一歇！"

"你就一个人来了，是什么新娘？"大家问，"你的嫁妆呢？连吹鼓手也没有吗？"

姑娘没回答，坐到屋荫下，休息了一会儿。

这时几个年长的妇人向她走来。

"你如果想当大王的妻子。"她们说："先得给他做顿晚饭，看你是不是贤惠④。"

姑娘知道这个推脱不了，便问："上哪儿弄粮食给我丈夫做饭呢？"

人们给了她粮食，指给她碾（niǎn）子，叫她去磨。姑娘真是不一般，一会儿就磨完了，但是，面又粗，砂又多。当她把饼子做出来后，其他妇人看了，都在一旁笑话她。

太阳快要下山了，一阵狂风平地而起，直吹得屋顶打颤颤。姑娘吓得紧贴泥墙蹲下来。更可怕的是，一条有五个脑袋的大蛇，突然盘在屋门口，大叫："把做好的饭快快端来！"

"你不知道我就是大王吗？"蛇王一面吃饼，一面问。饼实在太难吃了，它吐出来一扔说："晚饭做得太糟糕了，你不能做我的妻子，因此就得杀掉你！"蛇王的尾巴用力一扫，就把姑娘杀死了。

大女儿的死讯传到了父亲耳中，但这时小女儿还没有出嫁。小女儿名叫姆庞赞雅娜，她央求父亲说："让我去找大王吧，我相信我会使他满意的。"

父亲勉强把亲朋好友叫来，请他们为小女儿送亲，大家高高兴兴换上节日盛装。父亲又叫来鼓手与乐师，要他们带队。

第二天一早，大家上路了，喜洋洋地唱着歌，过了大河，沿着以前大女儿走的那条道走下去。

不久，他们碰到一只老鼠。姆庞赞雅娜怕踩坏它，立刻不

谁会喜欢骄傲的眼睛朝天的人呢。性格决定命运。

大女儿做事毛燥，没本事，与贤惠二字不沾边。

小女儿勇敢自信，敢于挑战。

走了。这时老鼠说话了："我可以给您指路吗?"

"非常谢谢你。"姑娘回答,客客气气地听完这个小动物的话。

他们又继续向前走,来到一个深谷,看见树旁坐着一位老妇人。这个丑陋的老妇人蹒跚地走过来,说:"往前走,有个岔路口,你走那条小路,千万别走大道,走大道要倒霉的。"

"谢谢您的指点,老妈妈。"姆庞赞雅娜回答,"我一定按您说的做,走小路。"

他们一行人很顺利地往前走。后来,他们前面嗖地钻出一只娇兔。娇兔伸伸腰,看看姑娘,说:"您快到了,我告诉您几句话:一会儿,您会在溪边见一位打水姑娘,对她说话可要有礼貌;进寨后,他们会给您粮食,叫您磨了给大王做晚饭,您一定用心去做;最后,当您见到您丈夫,您千万别害怕,不要慌,至少,外表要镇定。"

"谢谢你的忠告,小兔子。"姑娘说,"这些我一定都记下来,按你说的做。"

他们拐了最后一道弯,就看见了寨子。过了小溪,正赶上了一位头顶水罐的少女,这个女孩就是大王的妹妹。她问:"你们这是要去哪?"

"我们要到那个寨子去,我希望能有幸成为大王的妻子。"姆庞赞雅娜回答。

"我带你去大王家。"少女说,"不过你看见他,你可别害怕呀。"

于是,姆庞赞雅娜跟着少女,送亲的队伍跟着姆庞赞雅娜,他们一行人进了寨。乐手们一路上吹吹打打,热闹异常,引得全寨的人都出来看。他们十分有礼貌地迎接了客人,拿出东西来招待他们。然后,大王的母亲把粮食交给姆庞赞雅娜说:

"你想当大王的妻子,就得先给他做顿晚饭,看你是不是一位贤惠的女人。"

姑娘立即去准备做饭了。她把粮食磨得又细又匀,不一会儿就做成了又松又香的饼子。

太阳下山时,一阵狂风刮来,吹得屋子直摇晃。姆庞赞雅

善良的妹妹对每一个忠告都虚心接受,与姐姐的做法截然不同。

小女儿谦虚又有礼貌。

小女儿的做法与大女儿完全相反,两个人的手艺对比鲜明。

娜听见人们纷纷说道："大王回来了!"她吓得正要哆嗦,忽然记起了别人对她说的话,便镇静下来,等着丈夫的到来,甚至连一根撑房的梁柱倒了,她都特别镇定。

看到进来的是一条五头大蛇,她快吓死了,不过,听见大蛇要吃的,她还是壮胆把做好的饼递了过去。

蛇王吃得可香了。"这饼真好吃!"它说,"你愿意做我的妻子吗?"

霎时,姆庞赞雅娜呆了。可她想起那些忠告,便大胆地笑了笑,说:"是的,大王,我愿意嫁给您。"

话音刚落,蛇王就脱去了蛇皮,姑娘的眼前雄赳(jiū)赳地站着一位又高大又英俊的小伙子。

"您是如此勇敢地说了这句话,我身上的咒语被点破了。"大王解释说。

当晚,大王在寨子里举行了盛大的宴会。欢宴一直进行了二十天。宰牛、斟酒,乐鼓声使人们个个兴奋不已。

姆庞赞雅娜就这样做了大王的妻子。许多年以后,他们子孙满堂。而全寨在她丈夫的英明领导下,也更加安康富足了。

> 小女儿没有被吓倒,表现非常出色。

> 小女儿勇敢谦虚、贤惠的美德解除了蛇王身上的咒语。

> 勇敢善良的人过上了幸福生活,美好的结尾。

说文解字

①张罗 (zhāng·luo):筹划,想办法,定计划。

②怏怏 (yàng yàng):形容不满意,不高兴的神情。

③吉利 (jí lì):吉祥,顺利。

④贤惠 (xián huì):指妇女有德行,善良,通情达理。

故事启迪

姐姐虽然也找到了大王,但她骄横、蛮不讲理、不听任何人的劝告,连一顿晚餐也做不好,结果就被蛇王杀了。而妹妹姆庞赞雅娜勤劳善良,富有爱心,又虚心有礼貌地接受别人给的每一个善意的忠告,用自己的贤惠和勇敢解除了蛇王身上的咒语。蛇王竟是一个高大英俊的小伙子,妹妹如愿以偿地做了大王的妻子。真诚地对待帮助你的人,你会因此收获更多,虚心地接受别人的忠告,就会缩短你与成功的距离。我们祝愿天下所有勇敢善良的人都能过上幸福美满的生活。

奇 思 妙 想 ·

1. 妹妹为何能成功地做了大王的妻子？

2. 用你的实际行动告诉你身边的人你是一个什么样的人。

☕ 导 读

　　樵夫的三个女儿在给父亲送饭时都在森林里迷了路，她们都找到了森林中的小木屋。小木屋里有一位白胡子长到脚边的白发老人，还有三只小动物——小母鸡、小公鸡和花奶牛。迷了路的三姐妹在这森林中神奇的小木屋里会有什么样的故事发生呢？

森林中的小屋

父亲的做法并不高明。小米撒在森林里怎么能指路呢？

　　森林边有个打柴的人家，住着夫妻俩和三个女儿。一天早上，樵夫去森林里砍柴，想要大女儿给他送午饭，他告诉妻子说："为了让大女儿找到我，不至于迷路，我带了一袋小米，一粒粒丢在地上。"当太阳升得很高时，女孩提着一罐汤去给父亲送饭了。但父亲撒下的小米，都被麻雀、鹈鸟吃光了，女孩漫无目标①地到处找她父亲，后来迷了路，天黑了仍在森林中走来走去。

　　黑暗中她看到一处灯光，就朝那里走去，这是一个森林中的小木屋。她开始敲门，想在这里借宿一夜。有人粗声粗气地说："进来吧。"她进了屋，看到一个白发老人在桌边坐着，

细节描写，奇怪的白发老人与动物组合。

白胡子长得垂到了脚边；火炉旁边有三只小动物：一只小母鸡、一只小公鸡和一头花奶牛。女孩说明自己的来意，请老人留她住一宿。

不关心小动物的人缺少爱心。

　　老人说："美丽的小动物，你们同意吗？"动物们都说："我们都同意。"老人就说："你去给我们做一顿饭。"厨房的食物十分丰盛②，她就做了一顿很可口的晚餐，但是没想到那些小动物。她端上满桌的食物，和老人一起饱饱地吃了一顿。然后说："现在我累了，哪里有床，我可以躺一晚上呢？"动物们说："你同他吃饱了，你同他喝足了，你根本没顾及到我们，看你夜里睡哪儿。"

老人说:"楼上有个房间,里边有两张床,你去打扫一下,铺上白床单,我也要去睡的。"女孩上去,铺好了自己的床,就自己睡着了,没有管老人。不一会儿,老人上来了,用灯照照女孩,摇摇头,打开地窖的门,让她沉到地窖里去睡了。

樵夫砍了一天柴,回家特别晚,责备妻子让他饿了一整天。妻子说:"怎么会饿一天呢,我让大女儿给你送饭去了。她一定迷路了,明天会回来的。"

第二天,樵夫就让二女儿给他送午饭,他说:"这次我带一小袋绿豆,绿豆比小米大,女儿会看见的,这样就迷不了路了。"但是和昨天一样,鸟雀们又把绿豆吃了。女孩和姐姐有了相同的经历,也来到了白发老人的小屋。她仍然只做了汤,同老人吃了,后来,下场③自然和大姐一样,也被沉到地窖里。

第三天,樵夫对妻子说:"今天让小女儿给我送饭,她一向最听话懂事,不会像两个姐姐那样到处乱跑。"妻子说:"不,难道你要让我失去最心爱的孩子吗?"樵夫说:"你放心,这孩子聪明伶俐,肯定迷不了路。我多带些豌豆撒在路上,豌豆粒大多了,可以给她指路。"

森林里的鸽子又吃光了指路的豌豆。女孩特别难过,找不到父亲,父亲就要挨饿;找不到家,母亲也会难过。天黑了,她只好走到有灯光的地方,来到了白发老人的小屋。

她请求在这里住一晚上,老人又说:"美丽的小动物,你们愿意吗?"动物们都说:"我们都同意。"女孩走到火炉旁,用手轻轻地抚摸小母鸡和小公鸡的羽毛,又轻轻地在花奶牛两角之间轻抚了几下,然后到厨房准备晚餐。她做好汤,端到桌上,忽然想起来没给小动物们准备吃的,又说:"噢,难道我们吃饱了,让善良的动物们饿肚子吗?我还是先照顾它们吧。"于是她拿了大麦,给小母鸡和小公鸡撒在面前,又抱来一大捆干草,喂给花奶牛。"你们三个可爱的小动物,好好吃些吧,如果你们渴了,还可以喝到甜滋滋的水。"她提了一桶水进来,让动物们好好地喝了一个够。

只想到自己的人,别人也不会关爱她。

愚蠢的父亲,绿豆的本质和小米一样,都是鸟雀的食物。

樵夫失去了两个女儿,仍不知反思。

小女儿不但对人善良,对小动物也充满爱心。

女孩说："我们应该去休息了吧？可爱的小动物，你们同意吗？"动物们说："你给我们吃饱了，你给我们喝足了，你这样关怀我们，我们祝你睡得香甜。"

女孩安排好动物们睡觉以后，又上楼给老人打扫干净床铺，等老人上床睡觉以后，她才做了祈祷④，然后出去睡觉了。

她甜甜地睡到半夜，忽然听到有响声，声音就像是婴孩在伸懒腰，能听见骨节格格地响，但是动静大多了。第二天女孩醒来一看，嘿，小屋竟然变成了一座富丽堂皇⑤的大宫殿！女孩以为自己在做梦，却有三个仆人来到她床前，恭敬地问她需要什么。她说："你们去吧，我马上还要给老人准备吃的，还要给那些可爱的小动物喂饭呢。"

她朝老人的床上一看，白发垂地的老人不见了，那里明明躺着一个漂亮的青年。他醒了，对女孩说："我是一个王子，被巫婆施了巫术，除了我那些被变成小母鸡、小公鸡和花奶牛的仆人以外从来没有人接近过我。要等到一个心地善良，不但对人，而且对动物也充满爱心的女孩到来以后，巫

术才能消除。如今，是你解救了我们，挽救了这座宫殿。"

他们吃完早饭以后，王子吩咐仆人开车子去接女孩的父母，来参加他和女孩的婚礼。

女孩的两个姐姐因为不够善良被送到森林里的一个烧炭厂里去干活，要等到她们改正了错误，才能回来。

说文解字

①漫无目标（màn wú mù biāo）：非常迷茫，没有一点方向感和目标。

②丰盛（fēng shèng）：指物质方面的丰富。

③下场（xià chǎng）：一般指不好的结局。

④祈祷（qí dǎo）：一种宗教仪式，信仰宗教的人向神默告自己的愿望。

⑤富丽堂皇（fù lì táng huáng）：雄伟美丽，豪华气派。

故事启迪

在森林的小屋中，两个姐姐缺少爱心，只顾自己，被沉到地窖里了。小女儿心地善良，对人和小动物们都充满了真诚的关心和爱心，却因此解除了咒语，解救了王子和他的三个仆人，小木屋也变成了富丽堂皇的大宫殿。做一个有同情心和爱心的善良的人吧，真诚地关心、关爱别人，你会获得更多的关爱和幸福。

奇思妙想

1. 你对三个女儿的父亲——樵夫，怎么看，你认为他是个什么样的人？

2. 生活中的你是如何理解"爱心"的？

☕ 导 读

　　杰克打死了五百多只苍蝇，十分得意，就认为自己是好汉，到处炫耀他一口气杀了五百多条性命，还真就没有人敢惹他。后来他来到意大利的一座城市，总督请他去抓山上的巨人。你想知道杰克见到巨人害怕了吗？等待他的又将会是什么呢？

好汉杰克

　　有个樵夫叫杰克。一天，他在砍伐橡树的时候，不小心被折断了的树枝砸了一下，当即砸断了腿。同伴们送他进了医院，他在医院住了三个月。

　　俗话说：伤筋动骨一百天。可杰克却连一天也不想待。伤口还没有完全愈合，他就跑了出来。

　　一天，当他在路边，解开包扎伤口的绷带时，苍蝇叮了他一下。杰克恼怒地把它们全打死了。可这里的苍蝇太多，打死一批又上来一批，杰克不停地噼噼啪啪打着，差不多打死了500多只。于是，杰克十分得意地做了一块牌子，挂在脖子上。牌子上写着：

　　我是好汉杰克，一口气杀死了500多条性命。

　　杰克就挂着这样一个牌子在集市上闲逛，还真没有人敢惹他。后来，他来到一座意大利的城市，找了一家小旅店住下。

　　第二天早上，当地的总督就派人来找他，要他去一趟总督府。

　　总督对他说："市民们都说你是一条好汉。这附近的山上有个巨人经常抢东西，你去把他给我抓来。"

　　杰克出了城，走向大山。走着走着，遇到了一个放羊的，杰克就问他："巨人住在哪儿？"

杰克在吹牛皮呢！别人以为他杀死了500多人！

人们往往会害怕凶狠的人。

吹牛的后果是要去抓巨人，所以牛是不好乱吹的。这可怎么办呢？

放羊的吓坏了，说："巨人就住在半山腰的山洞里。可是你找他吗？巨人会一口吞掉你的。"

杰克指指牌子说："我是好汉我怕谁？快点儿给我几块干奶酪。"

牧羊人给了杰克几块干奶酪，杰克便继续往山上走去。到了巨人住的山洞跟前，他故意拼命跺脚，发出声响。巨人走出了山洞，用低沉的嗓音吼道："是谁在这里？"

聪明的杰克开始虚张声势，从气势上压倒巨人。

"我是好汉杰克，我一气儿杀死了500条性命。你说话可要小心，否则，我就像捏石头一样，把你捏得粉碎。"说着，杰克开始捏奶酪，直到把它们捏搓得成了粉末，从手指头缝掉了出去。

巨人看到杰克力气够大的，就问他愿不愿意两人合作。杰克说，好吧。于是走进了山洞，和巨人搭伙。

头一天晚上两人都好好的，睡觉了。第二天早晨，巨人说洞里的柴用完了，要到山上打柴。于是，巨人拿了根绳子，和杰克一起走出了山洞，来到了树林里。

巨人用一只手轻松地拔起了一棵橡树，又用另一只手拔起了另一棵树，然后对杰克说："看你的能耐了。"杰克说："我讨厌这样拔树，太啰嗦了。我喜欢用绳子把树林里的树全都拴

愚蠢的巨人竟然相信了杰克的吹牛的话。

起来，然后一下子拔光它们。我可是好汉杰克啊！哎，你的绳子还有更长的吗？"

"算了。"巨人说，"我可不想让你把树林里的树全都拔掉，有这两棵就够了。咱们回去吧。"

巨人带着拔起来的两棵树在前面走着，杰克甩着两只空手跟在后面。

又过了两天，巨人提出要和杰克抽陀螺玩，还要比赛，看谁抽得最远，谁就得 10 枚金币。

巨人走向磨坊，用粗壮的风车绳索当陀螺鞭子，把磨石当陀螺，竟然把磨石抽得团团转，然后猛一使劲，磨石飞出好远。

细节描写，写出了巨人的力气之大。

巨人洋洋得意地把"鞭子"交给了杰克，说："这下该看你的了。"

杰克根本甩不动那条"鞭子"，也根本没力气把石磨移动，可他却抓着"鞭子"，大声地吆喝起来："当心呐！大家当心呐……"

巨人眯着眼睛看看四周，没有看见一个人影，奇怪地问："你是在叫谁呀？我怎么没看见有别人呀。"

"我是在跟海那边的人打招呼，要他们小心点儿……"杰克装模作样①地说。

在和对手力量相差悬殊的情况下，杰克学会用智斗，竟然又不战而胜。

"好了好了，你别抽了。要是你把石磨抽到了海那边去，我们怎么把它拿回来呀！"于是，杰克不战而胜，轻松地赢得了 10 枚金币。

接下来，杰克主动提出举行另一项比赛。

"你力大无穷。"杰克对巨人说，"我也是条好汉。我们比赛手指上的功夫，我们在坚硬的橡树干上戳洞，看谁戳得深。我们再赌 10 枚金币，怎么样？"

杰克多么聪明啊，他能凭借聪明战胜大力气的巨人。

巨人同意了这项比赛，但他没有料到，杰克早有准备，在一个树上钻了一个洞，然后用树皮遮住。比赛开始了，巨人用尽了蛮力，把一棵树干只戳通了一半；杰克也假装用力，把大半个手臂都捅进去了，把树干给戳通了。

这场比赛巨人又输了 10 枚金币。

巨人心肠狠毒，容不下比自己强的人。

巨人认为杰克力气太大了，开始感到不安了。后来，他故

意制造一些矛盾，和杰克吵架，想把杰克赶走。等到杰克下山
了，巨人又推下去了很多大石头，想砸死他。

其实，杰克知道自己力气敌不过巨人，只是虚张声势②罢
了。因此，对力大无比的巨人始终十分警惕。这时，他早就躲
在山洞里了，听到头顶的石头滚落下来的声音，就知道是怎么
回事。他故意大声喊："是什么东西落下来？是碎石灰吗？"

杰克尽管喜欢吹
牛，但还是很聪明
的。

巨人听见了，暗想："天哪！我推下去的明明是大石头，
他却说是碎石灰！跟这样的人千万别结仇怨呀，结仇不如交
友。"于是，他又把杰克请了回来，还说自己的脾气太坏、太
急躁了。可是从此以后，巨人始终小心地提防着杰克，还想寻
找机会干掉杰克。

当面一套，背后
一套，巨人可不是值
得信任的人。

一天晚上，巨人看杰克睡熟了，蹑手蹑脚③地爬了起来，
拿了一把大铁锤，就朝杰克的脑袋砸去。

巧的是，杰克每天晚上都会把一只南瓜放在枕头上，而自
己睡在另一头，巨人砸碎的，正是那只南瓜。

杰克醒了，假装什么事情都没发生过，"你砸碎了我的南
瓜我不在乎，只当是给我挠了挠头。可是你惊扰了我的好梦，
我可不饶你。"

巨人一直解释、道歉，但心里却比以前更害怕了。他想，
我要是把杰克骗到树林里，乘他不注意时把他绑在树上，狼会
吃掉他的。

多次挫败的巨人
也学会了用计谋，多
么阴险啊，杰克意识
到危险了吗？

第二天上午，巨人对杰克说："昨晚让你受惊了，咱们今
天出去散散步吧！"

"好哇！"杰克同意了。他们走出山洞之后，巨人问杰克：
"你喜欢赛跑吗？"

"行啊！"杰克说，"不过，我要先跑一段路，因为你的腿
长啊！"

"有道理，那你先跑 10 分钟吧！"巨人说。

杰克拔腿就往山下跑。跑着跑着，碰到了一个牧羊人。杰
克说："这里是一枚金币，卖给我一只羊好吗？再借你的刀
一用。"

杰克买了一只羊，飞快地剖开羊的肚皮，把羊肠子、羊
肚子、羊肺扔得到处都是。然后对放羊的说："一会儿有个

动作与语言描写
结合，写出杰克的机
智。

巨人追过来，他要是问起我，你就说有个人把内脏都挖出来丢掉了，这样跑起来就飞快了。"说完，杰克就爬到一棵大树上，躲起来。

几分钟之后，巨人跑过来，看见一个牧羊人，就问他："你有没有看到一个人从这儿跑过去？"

愚蠢的巨人还是上了当，杰克再次不战而胜。

放羊的说："看见了，吓死人了，他借了我的刀，把自己的肚子剖开，把内脏都扔了，说是这样跑起来轻快多了。"放羊人边说话，边把地上的那些羊内脏指给巨人看。

巨人这个笨蛋，没在意地上的东西是不是人的内脏，抓过放羊人的刀就向自己的肚子剖去，顿时感觉浑身瘫软，他流了好多血，走不出两步，就晕倒在地，浑身的血一会儿就流光了。

智慧是人性中美丽的花朵，它能驱除愚昧，战胜蛮力！

杰克从树上跑了下来，看到巨人已经死了，便向牧羊人借了两头羊，把巨人拖进了城里，交给了总督。

总督当众焚毁④了巨人的尸体，奖给杰克 1000 枚金币和一套住房。从此，杰克衣食无忧，快快乐乐地过着日子。

说文解字

①装模作样（zhuāng mú zuò yàng）：故意装出某种姿态给人看。
②虚张声势（xū zhāng shēng shì）：故意制造出强大的声威和气势。
③蹑手蹑脚（niè shǒu niè jiǎo）：形容走路时脚步放得很轻，没有一点声响。
④焚毁（fén huǐ）：烧坏，烧毁。

故事启迪

巨人力大无比，杰克聪明无双。智慧最终战胜了蛮力。智慧是什么呢？智慧就是人性中最美丽的花朵，也是一种勤于观察和思考，善于发现和解决问题的能力。智慧并不是哪一个人生命之树上的特产，而是令每一个人都能够拥有的甜美的果实，就如阳光不会只偏爱哪一朵鲜花，而是每一片绿叶都能沐浴到她的光辉。智慧是我们心灵世界里一条涌动的河流，只要我们心中的梦想还在，希望还在，创造的激情还在，她就会永远地奔腾不息，并把我们的生命之舟送进广阔的充满创意的生活之海，使我们的生命之曲里更加充满了精神与现实的和谐的音符。

奇思妙想

1. 聪明的你能从杰克那里学到什么呢?

2. 怎么才能做一个充满智慧的人呢?

读后感

诚信的威力

——读《真话的威力》有感

文章中的哥哥和弟弟对说真话和说假话有着截然不同的看法，哥哥说只有说假话才能生活得更好，这是真的吗？我怀着疑惑的心情看完了整篇文章，才发现只有说真话才会快乐地生活下去。

自古以来，诚信就是治国安邦最好的武器。秦孝公网罗天下贤才，请教富国强兵的办法。当时有一个叫卫鞅的人提出："人无信而不立，国无信则不强。"于是就在都城南竖了一根三丈来长的木头，只要有人扛到北门便可得 10 两黄金，百姓心中狐疑不定，谁也没去扛。之后又加到 50 两，这时有人心动了，便去扛了。果真得到 50 两黄金。之后大家都十分相信卫鞅的话，几年后，国家便强盛起来。正是因为有了诚信，卫鞅才得以施行改革政策，从而为秦国翻开了崭新的一页。

古代就有曾子杀猪的典故。曾妻说："孩子小，不懂事，我只不过是逗他不再哭闹罢了，又何必当真呢？"曾子却反驳道："正因为孩子年幼不知世事，他才不知道你是逗他的呀！正因为孩子小，才要跟着父母学习，听从父母的教诲。现在你欺骗他，就是教他学会骗人。做母亲的欺骗儿子，儿子以后还会相信自己的母亲吗？你这样非但教不好孩子，还会纵使孩子行恶的。"这个故事说明诚信不分老小，凡是做出的承诺，都应做到。

诚信是火，点亮成功之灯。诚信是灯，照亮前行的路。

多想活在童话的世界里

看完这一本书之后最大的感受就是：如果可以，我愿意一辈子生活在童话里。培根曾经说过："读史使人明智，读诗使人灵透。"我要说读童话使人睿智。

童话很美好，美好到让我感觉那是不真实存在的，美好到让我觉得它离我很远很远，是我永远无法抵达的彼岸。可是在这个物欲纵流的社会，为了利益有些丧心病狂的人却做着和童话南辕北辙的事。河北一些企业用生石灰给皮革废料进行脱色漂白和清洗，随后熬制成工业明胶，卖给浙江新昌县药用胶囊生产企业，最终流向药品企业。记者调查发现，9 家药厂的 13 个批次药品所用胶囊重金属铬含量超标，其中超标最多的达 90 多倍。

难道现实真的是和童话截然相反的吗！不，生活中还是有很多可以暖人心窝的人和事的！在孙水林一家五口全部遇难的情况下。弟弟孙东林为了完成哥哥的遗愿，在大年三十前一天，将工钱送到了农民工的手中。因为哥哥离世后，账单多已不在，孙东林让民工们凭着良心领工钱，大家说多少钱，就给多少钱。钱不够，孙东林就贴上了自己的 6.6 万元和母亲的 1 万元。就这样，在新年来临之前，60 多名民工都如愿领到了工钱，孙东林如释重负。"新年不欠旧年账，今生不欠来生债"。孙水林、孙东林兄弟 20 年坚守承诺，被人们赞为"信义兄弟"

这就是鲜明的对比！如果每个人都能像孙水林孙东林那样奉献社会，真善美就会充满整个社会！我们也会生活在一个充满爱的社会里！

友谊是付出而不是索取

——读《忠实的朋友》有感

友谊到底是什么形状的呢？读完《忠实的朋友》，心中对于友谊的定义又明朗了许多。友谊绝对不是像故事中的浦修那样嘴上一直说着所谓的友谊，但只是一味地利用善良的小汉斯，而是像小汉斯那样默默地为朋友付出。

体育课上老师抽测跳绳，我跳得不好，就想让好朋友帮忙作弊，让她多给我数几十个，就在我为自己"伟大"的创意叫好时，好朋友笑嘻嘻地过来拍了拍我的肩膀说："嘿，以后咱们一起好好练跳绳吧！"我便把我的构想告诉了她，本以为她会支持我的，可没想到她却把我劈头盖脸地骂了一顿，并扬言以后要监督我跳绳。

一开始，我对她怨声载道。可是碍于同学关系，我只好默默地服从。

直到后来考试了，考得非常严格，我才发现我有多感谢她。如果不是她每天不厌其烦地监督我，我也不会顺利过关。朋友就是这样，即使你现在对他有很多怨言，但是他始终都是为了你好。

世界这么大，能相遇不容易。相识相知的概率更是渺茫，所以请珍惜身边真正对你好的朋友吧！不要等到失去了再后悔！

陈酒味醇，老友情深。友情是帮助我们通向成功的阶梯，是你失意时一个鼓励的眼神，得意时一句善意的提醒，下雨时为你遮风避雨的一把伞。真正的朋友是小汉斯那样不求回报，在你需要的时候，默默为你付出的人。

十年磨一剑

——读《昙花姑娘》有感

香气浓郁的茉莉花，倾城高贵的牡丹花，娇艳俏丽的玫瑰花，出淤泥而不染的莲花……各种各样的花争奇斗艳，在花的王国里她只是默默无闻的一种，但是通过自己的虚心和坚韧，她终于开出了倾国倾城芳香袭人的花！

古往今来，像昙花姑娘这样坚韧不拔的人也是数不胜数。他们用他们的坚韧不拔谱写了中华民族历史的伟大篇章！

史家之绝唱，无韵之离骚。

他为人类的历史记录下了一段不朽的传奇，一部史记，讲述着一个史学家应有的良知；一部史记，见证了一个史学家对历史的忠贞；一部史记，记载的并不仅仅是历史，更是我们民族坚强不屈的灵魂。他就是司马迁。

静静汨罗，守护着他的灵魂；皇皇离骚，诉说着他的忠贞。在那个视人民如草芥的动荡年代，他用自己的心血诠释了什么是心存百姓；在那个朝秦暮楚的战乱时期，他用自己的生命回答了什么是爱国精神。长太息以掩涕兮，哀民生之多艰。他的心与日月同辉，他是屈原。

马克思写《资本论》花了40年，达尔文写《物种起源》花了20年，李时珍写《本草纲目》花了27年，徐霞客写《徐霞客游记》花了34年，托尔斯泰写《战争与和平》花了37年，真正的著作是经过时间的磨练才诞生的。

绳锯木断，水滴石穿。只有拥有像昙花姑娘那样十年磨一剑的精神，才可以让我们的人生大放异彩。

美丽的外表，善良的心

——读《石榴姑娘》有感

美丽，从古至今人们一直热衷于追求的。

《石榴姑娘》里面美丽善良的石榴姑娘和丑陋凶恶的拉森形成了鲜明的对比，王子和石榴姑娘历经磨难，有情人终成眷属，从此过上了幸福的生活。但是拉森却因为阴险狡诈而被烧死。

爱美之心，人皆有之。外表的美丽是一时的，心灵的美丽才是永恒的。如果一个人只追求外在的美丽，那么他只是一个空皮囊，终究会被这个社会抛弃。相反，如果一个人虽然外在并不是很美丽，但心灵却很美，那么他肯定会被身边的人很乐意地接受。

记得很久之前看过一部电视剧，叫作《我的丑娘》，里面丑娘的形象一直在我的脑海里浮现。虽然丑娘外表看起来并不是很美丽，但她有一颗善良伟大无私勤劳的心。她可以为了自己的儿子上刀山，也可以为了一个素不相识的人倾其所有。她很普通，走到人群里会瞬间淹没，她很渺小，只是亿万人中小小的一个人，可是她却因为自己无私伟大的爱而让我们每一个看过这部电视剧的人深深地记住她美丽的心肠。

人并不是因为美丽而可爱，而是因为可爱才美丽。不是生活中缺少美的影子，而是我们缺少一双发现美的眼睛。

从王子的身上我们也可以看出人最重要的是要有生活的目标，只有我们自己坚定信念，不懈追求，才能取得成功。人的外表丑并没有什么，但是如果心灵也丑陋的话那就不可原谅了！